死의 讚美

광막한 황야에 달리는인생아
너외가는곳 그어드메냐
쓸쓸한세상 험악한고해
너는무엇을차즈러가느냐

너찾는것피로움이로다
행복찾는 인생들아
나죽으면 고만안일가
눈물로된 이세상이

웃는꼿과 우는저새가
그운명이 모다가트니
[생]에열충한 가련한인생
너는칼우에 춤추는자이러

애루몽 초판본(1930) 표지

운명 초판본(1924) 표지

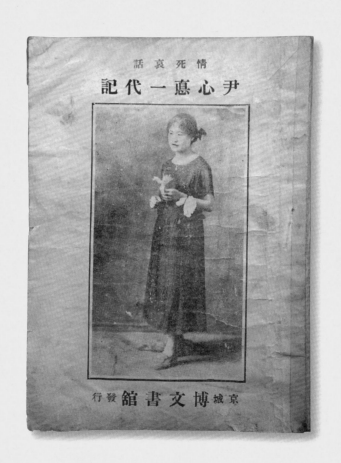

情死哀話

尹心悳一代記

京城 博文書舘 發行

윤심덕 일대기 초판본(1927) 표지

양이 스스로「사의찬미」를지어가지고 그아오 윤성덕양의게 스스로
노래하야 들려주다가 그아오에게「만흔 희망을 가지고 멀나가는 나
에게 웨그런노래를 들려주느냐」고 우름에 석긴 핀잔싸지도 먹엇다
한다。

「이노래를 지을때 그의 마음이 파연 엇더하엿스랴! 이것은 파연
그가 아니고는 삷힐수가 업슬것이다。최후의 운명을 결정하는 그
노래 영원의길을 떠나는 그노래를 쓰는 그마음 부르는 그가슴! 반
은라피 반은 써엇슬슬것이다。그가 몸을 헌해탄 함부로 넘노는 물
결에 던질때에는 그의 가슴과 마음에는 무수한 상처가 잇섯슬것이
다。

더군다나 사의찬미의 가곡을 지어가지고 대판 일동축음긔회사
주인의 재삼거절이 잇섯슴도 불고하고 자긔의 작곡율「레코ー드」에

者)라는 애닲은 일홈을 남기고 가련한 일생을 일장춘몽에 부처고

마는 청춘남녀의 마음―모르는 사람은 비소만 하여도 고해풍파·苦

海風波)에 시달려난 사람의 창자를 쓴는것이다。이미 이세상을 떠

나서 저―평화의 나라로 영원히 가고 만사람에 대하야 여러말을 더

하기도 마음압흔일이다。그러나 떼々로 그의 추억을 새롭게하는 여

러 가지를 접촉하게 될때마다 한줄기의 눈물과 아울너 붓을들지아

니할수가 업는것이다。이미 여러번 보도한 윤심덕양과 김우진의 애

닮은 최후는 생각을할사록 마음이 괴롭고 눈물이 넘친다。윤양의

죽엄은 경성을 쩌날때에 결심한 죽엄이냐? 동경에서 결심한 죽엄

이냐? 이것은 그가 아니고는 능히 알기어렵거니와 하여간 동경서

대판으로 와서 사의찬미라는 애닷는 가곡을지어「레코―드」에 너기

로 하엿슬때는 이미 죽엄의길을 밟기로 굿게 결심하엿든것이다。윤

허영에빠저 날뛰는인생아
너속혀슴을 내가아느냐
근본세상은 너에게허무나
너죽은뒤에 세상은업도다

잘살고못되는 찰나의것이니
흉흉한암소는 갓가워오도다
이래도일생 저래도한세상
돈도명예도 내님도다실타

살사록괴롭고 갈사록험하니
한갓바람은 평화의죽엄
내가세상에 이몸을감출새
피로움도 쓰림도 사라저바린다

한국근대대중문학총서 틈

〈한국근대대중문학총서 틈〉은 한국근대대중소설의 커다란 흐름, 그 틈새에서 잘 알려지지 않은 소설을 발굴합니다. 당대에 보기 힘들었던 과감한 작품들을 통해 우리의 장르 서사가 동트기 시작하는 모습을 볼 수 있습니다. 한국 문학의 새로운 지평을 서서히 밝히는 이 가능성의 세계를 즐겨주시기 바랍니다.

한국 근대 대중 문학 총서를
발간하며

한반도에서 한국어를 사용하며 살아가는 우리는 언어공동체이면서
독서공동체이기도 하다. 김유정의 「동백꽃」이나 김소월의 「진달래
꽃」과 같은 한국근대문학의 명작들은 독서공동체로서 우리가 기억
해야 할 자산들이다. 우리는 같은 작품을 읽으며 유사한 감성과 정
서의 바탕을 형성해왔다. 그런데 한편 생각해 보면 우리 독서공동체
를 묶기가 그렇게 간단하지만은 않다. 누군가는 『만세전』이나 『현
대영미시선』 같은 책을 읽기도 했겠지만 또 다른 누군가는 장터거
리에서 『옥중화』나 『장한몽』처럼 표지는 울긋불긋한 그림들로 장
식되어 있고 책을 펴면 속의 글자가 커다랗게 인쇄된 책을 사서 읽기
도 했다. 공부깨나 한 사람들이 워즈워드를 말하고 괴테를 말했다
면 많은 민중들은 이수일과 심순애의 사랑싸움에 울고 웃었다.

　한국근대문학관에서 근대대중소설총서를 기획한 것은 이처럼 우
리 독서공동체가 단순하지 않았다는 점에 착안했다. 본격 소설도
아니고 그렇다고 '춘향전'이나 '심청전'류의 고소설이나 장터의 딱
지본 소설도 아닌 소설들이 또 하나의 부류를 이루고 있었다. 이는
문학관의 실물자료들이 증명한다. 한국근대문학관의 수장고에는

근대계몽기 이후부터 한국전쟁 무렵까지로 한정해 놓고 보더라도 꽤 많은 문학 자료가 보관되어 있다. 염상섭의 『만세전』이나 윤동주의 『하늘과 바람과 별과 시』처럼 한국문학을 빛낸 명작들의 출간 당시의 판본, 잡지와 신문에 연재된 소설의 스크랩본들도 많다. 그런데 그중에는 우리 문학사에서 한 번도 거론되지 않았던 소설책들도 적지 않다. 전혀 알려지지 않은 낯선 작가의 작품도 있고 유명한 작가의 작품도 있다. 대개가 그동안 잘 알려지지 않았던 작품들이다. 본격 문학으로 보기 어려운 이 소설들은 문학사에서는 제대로 다뤄지지 않았던 것들이다.

한국근대문학관에서는 이런 자료들 가운데 그래도 오늘날 독자들에게 소개할 만한 것을 가려 재출간함으로써 그동안 잊고 있었던 우리 근대문학사의 빈 공간을 채워넣으려 한다. 근대 독서공동체의 모습이 이를 통해 조금 더 실체적으로 드러나기를 기대한다.

다만 이번에 기획한 총서는 기존의 여타 시리즈와 다르게 작품의 내용을 이해하기 쉽게 하자는 것을 주된 편집 원칙으로 삼는다. 주석을 조금 더 친절하게 붙이고 작품의 배경이 되는 시대를 이해하는 데 도움을 주기 위해 다양한 참고 도판을 충분히 활용하는 것이 한국근대대중문학총서의 발행 의도와 방향을 잘 보여준다. 책의 선정과 해제, 주석 작업은 전문가로 구성된 기획편집위원회가 주도한다.

어차피 근대는 시각(視覺)의 시대이기도 하다. 읽는 문학에서 읽고 보는 문학으로 전환하여 이 총서를 통해 근대 대중문화의 한 양상을 체험할 수 있도록 하자는 것이 기획의 취지이다. 일정한 볼륨을 갖출 때까지 지속적이고도 정기적으로 출간할 예정이다. 앞으로 많은 관심과 애정을 부탁드린다.

인 천 문 화 재 단 한 국 근 대 문 학 관

한국근대대중문학총서 틈 03

박준표 소설선
배정상 책임편집 및 해설

애루몽

기획 인천문화재단 한국근대문학관

홍시

- 철혼(哲魂) 박준표는 1920~30년대 활발하게 활동했던 딱지본 대중소설의 작가이다. 이 책은 박준표의 대표작 『운명』(박문서관, 1924), 『윤심덕 일대기』(박문서관, 1927), 『애루몽』(박문서관, 1930)을 저본으로 삼았다.

- 『윤심덕 일대기』의 경우, 저본의 본문 첫 장에 "박철혼(朴哲魂) 편(編)"이라고 기재되어 있었다는 점을 밝힌다.

- 본문의 표기는 독자의 편의를 위해 지금의 한글맞춤법을 최대한 따르고자 했다. 다만, 원작의 맛과 분위기를 나타내는 표현의 경우 가급적 살리고자 했다. 불필요한 문장부호와 원문의 착오를 바로잡았으며, 한자의 경우 최대한 한글로 바꾸어 놓았다.

- 단어의 뜻풀이나 설명이 필요한 어휘의 경우 주석을 달았으며, 본문 내용과 관련된 도판을 삽입하여 독자의 이해를 돕고자 했다.

명 운

운명

저녁 해가 질 때이다. 창순과 영숙은 넓고 넓은 들언덕을 걸어간다. 영숙은 파라솔을 접어 풀밭을 짚으면서 구두 끝으로 앞 치맛자락을 톡톡 차면서 걸어가고 창순은 무슨 책인지 금자(金字)로 쓴 커다란 책을 들고 그 옆을 따라간다. 동리에 낀 저녁 안개는 공중에 퍼져 그 맑던 공기를 희미하게 한다. 땅 위의 선명한 푸른빛 풀을 회색빛으로 물들인다.

이따금 이따금 불어오는 가는 바람이 영숙의 고운 머리를 스치고 지나갈 적마다 영숙은 다시 새로운 정신이 난다. 그리하여 시원하다는 듯이 숨 한번 들이마셨다. 그리고 다시 휘― 하고 내쉴 때에는 모든 신비를 말할 듯한 어여쁜 그 입이 한데 모아진다. 이때에 영숙이 자기 입을 보았으면 웃지 않고 못 견딜 것이다. 그러나 미는 미다. 과연 놀랄 만한 미다. 모든 미를 갖춘 미의 여신 같다.

따스한 바람은 다시 일어난다. 영숙이 숙였던 고개를 갸웃이 들어 먼 곳을 바라보는 그 순간 그녀의 자태는 말할 수 없이 아름다웠다. 한두 오라기 늘어진 머리카락이 힘없는 미풍을 못 이겨 하늘하늘 하는 것이 그녀의 아름다움을 더욱 드러내고 있다. 영숙의 맵시 있는 자태와 선이 가는 뺨의 윤곽, 검은 눈썹과 부드럽고도 날카로운 눈, 그리고 이 모든 얼굴의 표정에서 비롯한 그녀의 육체미는 누구나 그녀의 아름다움을 말하려는 사람이 있다면 먼저 그녀를 상처 낼까 두려워하여야 할 것이다. 과연 아름답다. 마치 아침 이슬을 머금고 막 피려 하는 한 포기의 분홍빛 장미꽃과 같다.

두 사람은 연로(沿路)1)의 경치를 바라본다. 뜰 위에 가득한 곡식은 이미 가을이다. 누렇게 성숙하여 야원(野原)의 일대에 황금 천지를 만들었다. 더구나 바람이 불 적마다 이리 넘실 저리 넘실 금파(金波)2)를 짓고 있는 벼이삭은 일층 보기 좋았다. 창순은 자연의 아름다움을 칭찬하였다. 그리고 자연이 주는 감화를 한참 설명하였다. 영숙도 창순의 말끝마다 찬성하였다. 서로서로 애인의 말끝에는 진주의 꽃이 피고 꿀이 흘렀다. 그중에는 이러한 이야기도 있었다.

"우리 사회는 너무도 정적생활(情的生活)을 무시해요!"

"참말이지요! 감정의 생활을 하여야지요."

"우리 사회는 유령의 사회이지요! 그리하여 우리 사회는

---

1) 큰 도로 좌우에 연하여 있는 곳
2) 금빛으로 빛나는 물결

쓸쓸하외다."

하고 창순은 일층 기운 있게 말하였다. 영숙도 마지메-한[3] 얼굴로 창순을 바라본다.

"영숙 씨! 우리의 장래에는 물 좋고 산 좋은 자연미를 갖춘 곳에 '스위트홈'을 이루고 살아 봅시다."

하는 말에 영숙은 더욱이 찬성을 표하였다. 이리하여 두 사람은 무섭고 떨리는 사나운 현실의 정체(正體)를 떠나 사랑의 한적한 세계에 앉아 달콤한 꿈에 취해 버렸다. 두 사람 사이에 열정의 장막이 내려 누르는 것을 영숙은 몸에 불이 흐르는 것처럼 느꼈다. 그리고 달콤한 침묵이 흐르는 것을 깨달았다. 그러나 그 사이에는 벌거벗은 두 사람의 영(靈)이 서로 가슴을 부여안고 얼마나 웃고 울고 하였는지 알지 못한다.

두 사람은 한없이 기뻐하였다. 그리하여 그 둘의 얼굴에는 타는 듯한 홍조가 마치 석양 하늘의 구름과 같이 떠돌고 있었으며 또 말할 수 없는 정염의 줄이 이리저리 흔들리고 있었다. 그러나 얼마 되지 아니하여 서로 헤어진다는 사실에, 이와 같이 아름답고 즐거운 산보도 그만큼 쓰리고 아프게 느껴졌다.

전차 앞에 이를 때부터 두 사람의 얼굴에는 즐거우면서도 서럽고 애연한 표정이 어려 있었다. 그리하여 창순은 영숙의 손을 꽉 잡았다. 도무지 놓을 생각이 없었다. 섬세하고

3) 마지메(まじめ): 진심, 진정을 뜻하는 일본어. 문맥상 여기서는 '진심 어린'의 뜻

예민한 표정을 가진 창순은 애정 어린 마음에 너무도 흥분되어 공연히 살이 푸르르 떨리고 말이 나오지 아니한다. 그리하고 영숙의 얼굴을 한번 쳐다보고는 다시 바라볼 용기도 없었다. 영숙의 그 풍부하고 흰 얼굴에는 일종의 알 수 없는 연(軟)하고도4) 날카로운 표정이 어려 있으며 더구나 그녀의 눈에는 울 듯 울 듯 한 검은 눈물이 가득히 잠겨 있다. 조금 더 있으면 눈물이 콱 쏟아질 듯하다. 창순은 어찌할 수가 없었다. 이제 막 전차는 움직이려고 한다. 창순은 잡았던 손을 맥없이 놓았다. 영숙은 금실을 빼는 듯한 연하고도 어여쁜 목소리로

"안녕히 가십시오."

하고 뒤에 떨어져서 의주통(義州通)5) 전차를 탄다.

차는 달아난다. 창순은 그만 무의식적으로 달아나는 차를 멀거니 바라보고 있었다. 영숙의 얼굴은 벌써 보이지 아니하고 자못6) 검은 몸을 흔들며 청승스럽게 고요한 시가(市街)7)를 요란히 흔들며 달아나는 전차의 모양만 보인다. 창순은 마치 무슨 물건을 손에 쥐었다가 잃은 듯이 한참 동안이나 정신없이 땅만 바라보다가 인사동 자기 여관으로 간다. 그저 고개를 숙이고 간다. 마치 검고 외로운 세계로 가는 것 같았다. 그의 눈에는 햇빛도 검게 보이고 산도 검게 보

4) 부드럽다.
5) 평안북도 의주로 가는
6) 생각보다 매우
7) 도시의 큰 거리

이고 물도 검게 보이고 모든 것이 다 검게 보였다. 말할 기운도 없고 생각할 기운도 없었다. 전등 빛이 반짝반짝 발간 웃음을 토하는 오후 8시경에야 자기 집으로 돌아왔다.

밤은 깊었다. 끝없는 침묵의 기운은 온 우주에 충만하였다. 자못 창백한 월색이 뜰아래 소리 없이 흐르고 있을 뿐이다. 창순은 아까부터 자려고 눈을 감았다. 그러나 도무지 잠이 오지 않는다. 억지로 숨을 죽이고 소리 없이 누웠으나 마음이 뒤흔들리며 마치 회오리바람을 타고 미친 듯이 공중을 떠도는 것 같았다. 그리하여 정신 빠진 몸같이 한참 천장을 바라보다가 다시 벽에 기대어 두 다리를 힘없이 쭉 뻗고 왼팔을 책상 위에 얹어 손바닥으로 머리를 괴고 앉아 눈을 한참씩 감았다 떴다 하며 무엇을 깊이 생각하고 있다. 그 눈에는 알 수 없는 권태와 피로가 나타나 보이고 그리고 좀 길쭉스름하면서 살빛 고운 그 얼굴은 말할 수 없이 해쓱하여 우수와 번민과 고뇌와 침울한 기색이 드러나 있었다.

책상 위에는 『바이런 시집』과 『하이네 시집』이 왼편으로 포개어 놓이고 잉크병과 연필과 펜을 꽂은 대나무 필통이 오른편으로 얹어 있으며 그 가운데에는 램프가 놓이고 그 앞으로 원고지와 조그만 수첩이 얹어 있다. 윗목 문 옆으로는 구식 책장이 있고 그 위에는 『전쟁과 평화』, 『안나 카레니나』, 『불란서 문학사』, 『죄와 벌』, 『부활』 같은 여러 가지 명저가 불빛에 은은히 번쩍거리고 그 책장 옆에는 이날 온 신문지가 방바닥에 함부로 펼쳐져 있다. 그리고 윗목 벽에는 조그맣게 팔모진 시계가 걸려 있다. 그 시계의 똑딱똑딱하는 소리와 램프의 기름 닳는 식르르 하는 소리가 고요한 깊은 밤 조그마한 방 안에 작은 파동을—그러나 똑똑하게—끊임없이 일으킬 뿐이었다.

창순은 감았던 눈을 다시 뜨고 깊은 한숨을 길게 내쉬고는 아무런 생각 없이 그저 희멀거니 바라보다가 갑자기 몸을 일으켜 견딜 수 없이 답답한 듯이 얼굴을 찌푸리고 두 손으로 뒤로 빗어 넘긴 긴 머리를 득득 긁었다. 그리고 두 팔꿈치를 책상에 대고 두 손으로 얼굴을 가리고 이어서 생각하였다. 그러나 그는 자기가 무엇을 생각하는지 조금도 알 수 없었다. 여러 가지 생각은 한데 엉겨 정신은 뒤숭숭하고 그리고 휭—하니 어질어질한 듯하고, 머리는 띵하니 무겁고 가슴은 터지는 듯 답답할 뿐이었다. 그렇게 그는 얼마 동안을 구부리고 있다가 퍽 괴롭고 또는 어쩔 줄을 모르는 것같이 이마를 찌푸리고 또 한 번 머리를 긁었다.

창순은 상념을 더 계속할 힘도 없는 것같이 문지방을 베고 반듯이 드러누웠다. 그러나 웬 세음8)인지 침정(沈靜)9)을 할 수가 없다. 머릿속이 썩는 것 같다. 간혹 맷돌 같은 것으로 머리를 짓누르는 것 같기도 하다. 찌부드드하여 잠이 올 것 같다. '또 자나?' 혼자 문득이 생각하다가 벌떡 일어나서 퀼런갑을 포케트10)에서 꺼내려다가 저고리 주머니에서

8) 세음(細音): 어떤 일이나 사실의 원인 또는 그런 형편
9) 마음이 차분히 가라앉을 수 있을 만큼 조용함.

갸름한 사진틀을 꺼내 들고 한참 들여다본 후 책상 한구석에 놓아두고 방 안에서 빙빙 돌아다녔다. 사진 속에는 어떤 처녀가 갈쭉한 눈을 말똥말똥 뜨고 그의 거동을 쳐다보는 듯이 마주보며 조그마한 갑 속에 끼어 있다. 그것은 그가 늘 지갑 속에 넣어 가지고 다니는 사랑하는 영숙의 사진이다.

"러-브, 엥게이지먼트[11]……. 흐흥, 나에게 과분한 일이다……."

양복저고리 앞을 헤치고 바지 포케트에 두 손을 찌른 채 두세 번 빙빙 돌며 이같이 부르짖은 후 사진 앞에 와서 물끄러미 내려다보다가

'가엾게 영숙도 내 일생의 연밖에 안 되겠구나……. 대체 내가 영숙을 사랑하는가. 사랑한다 하면 무슨 이유로? …… 응! 이유 없는 것이 진정한 사랑이랴. 그러나 아직 사랑할 능력과 권리가 남았다 할 수 있을까? 이성 앞에서 부르르 떠는 어머니 젖꼭지에서 그대로 있는 순결한 처녀에 대한 정신적 매춘부와 같은 정열의 방사자(放射者)! 분염(奔焰)[12]과 같은 초연(初戀)[13]의 가슴에 이지의 눈이 푸르게 뜬 냉돌(冷突)[14]이 안길 때 …… 아! 울 것이다. 아! 사기(私欺)[15]이다. 최고 도덕에 죄악이다.'

10) 포켓(pocket): 주머니
11) 인게이지먼트(engagement): 약혼
12) 빠르게 타오르는 불꽃
13) 첫사랑. 처음으로 느끼거나 맺은 사랑
14) 갑작스러운 차가움
15) 사사롭게 속이다.

창순은 정처 없는 이러한 생각을 꿈속같이 머릿속에 이어나가다가 급작시리 무사기(無邪氣)한[16] 영숙의 사진을 들어 한참 들여다보다가 키스를 하고 다시 놓았다. 요사이 그의 또 한 가지 고통은 의식적이 아니고는 사람을 사랑할 수 없는 것이다. 불쌍한 여자이다. 그는 자기의 불순으로 상대자의 순결을 더럽히는 죄악의 대상으로라도 영숙을 사랑해야겠다는 의식이나 조건 없이는 사랑할 수 없는 것이 창순에게는 일종의 고통인 동시에 비애였다. 예술이냐? 연애냐? 창순은 이 두 가지를 전연히 부정할 수도 없고 긍정할 수도 없다.

윗목에 걸린 시계가 새로 2시를 알렸다. 창순은 눈을 감았다. 잠은 도시[17] 오지 아니한다. 그리하여 창순은 말할 수 없이 비창하였다. 머릿속은 또다시 뒤엉켜 아무것도 분별할 수 없게 되었다. 그는 더 한층 몸과 마음이 무거워졌다. 눈을 뜨며 깜짝 놀라서 벌떡 일어앉는 창순의 머릿속에는

'이같이 구구히 무슨 까닭에 사느냐?'

몽롱한 의식이 민활하게 전뢰(電雷)[18]와 같이 반짝하다가 곧 스러졌다. 창순은 정신이 소스라쳐 방안을 휙 돌아보았다. 책상에 놓인 사진은 여전히 눈을 말똥말똥 뜨고 창순의 일거일동을 냉연(冷然)히[19] 마주보고 앉았다. 창순은

16) 전혀 간사한 기가 없다.
17) 도시(都是): 아무리 해도
18) 전기의 방전으로 일어나는 불꽃
19) 태도 따위가 쌀쌀하게

• 경성제국대학 예과 전경

사진과 시선이 마주칠 때에 깜짝 놀랐다.

'이 사람이 모든 생애를, 모든 운명을 나에게 걸고 있구나…… 이 세상에서 나를 하늘같이 쳐다보는 사람도 이 사람 밖에는 없다…….'

사진을 마주보며 이런 생각을 할 때에 창순의 등에서는 식은땀이 흐르는 것 같았다. 그리하여 창순은 눈을 감고 누워서 잠을 청하여 보다가 다시 일어나서 책상에서 『하이네 시집』을 들고 다시 드러누웠다.

창순은 보던 시집을 덮었다. 그리고 다시 그 책을 의미 있는 듯이 들여다보았다. 그 책은 자기의 모든 존재를 바치고 전 생명을 희생하여 생과 사를 사랑에서 사랑으로 구하여 보겠다는 대상물! 곧 자기의 연인으로부터 사랑의 결정으로 받은 것이다. 자기의 생명으로부터 영원히 잊지 못할 사랑의 선물로 받은 것이 곧 이 시집이다.

창순은 '아, 자야겠다' 하고 벌떡 일어서서 책상을 윗목으로 밀어 놓고 발치에 있는 요와 이불을 펴고는 불을 확 꺼 버리고 곧 이불을 폭 쓰고 드러누웠다. 모든 일을 통 잊어버리고 싶은 까닭이었다.

이창순과 홍영숙은 고향이 한곳이요 소학교 때부터 같은 학교에 다니다가 지금부터 2~3년 전에 한차를 타고 경성으로 공부하러 왔다. 경성에 온 후에 창순은 경성대학 문과에 입학하고 영숙은 여자대학에 입학하였다. 여자대학은 경성 서대문 안에 굉대(宏大)한[20] 교사를 가진 여학교이다.

건축의 미려로 유명할 뿐 아니라, 그 교사에서 학창의 설형(雪螢)[21]을 자자(孜孜)하는[22] 여자들이 많아 오늘날 반도 여자계의 각 방면에 전권을 지배하리만치 유명한 여성을 많이 산출하였다. 그리고 또 그 학교에는 미인과 재녀가 많아서 반도의 청년들이 이상적 애인을 꿈꿀 때는 이 여자대학을 연상하지 않을 수 없었다. 이 여자대학의 역사로 말하면 조선의 문화 수준이 아직 유치하여 서양의 문물이 수입되던 초기에 미국의 여류교육가로 당시에 명성이 높던 마리온 웰스라는 부인이 조선여자교육계의 개척자가 되려는 결심을 가지고 조선에 와서 상풍열한(霜風烈寒)을 참아 내고 만든 결정체라고 할 수 있다. 그리하여 저렇게 쾌엄하게 경성시를 호령할 만한 굉대한 교사를 소유하게 되었고 오늘날에는 반도여자교육의 목탁(木鐸)[23]이 된 것이다.

학교는 설립자의 이름을 따서 웰스여자대학이라고 이름 붙여졌다. 그래서 이 여자대학에는 서양 사람 남녀 교원이 많고 약간의 조선 사람 교원이 있다 하여도 영미유학생(英美留學生)인 영미제교원(英美製敎員)이었으므로 숭미주의(崇美主義)라고 할지 경리복배라고 할지 교내의 풍기가 대체로 다른 학교와 같지 아니하였다. 우선 그 학교의 학생들 머리를 보아도 삼분의 일쯤은 머리를 오른편이나 혹은 왼편

20) 어마어마하게 크다.
21) 눈빛과 반딧불로 공부한다는 의미. 형설지공(螢雪之功)에서 유래한 표현
22) 꾸준하게 부지런하다.
23) 세상 사람을 가르쳐 바로 이끌 만한 사람이나 기관 등을 가리키는 말

으로 갈라서 뒤꼭대기에다 틀어 붙이고 치마는 좀 짤막하게 입고 또 춘하추동을 물론하고 순백색의 교복을 입는 것이 특색이었다.

창순과 영숙은 고향이 조선 상공업의 중심지로 유명한 평안남도 진남포로 같았고 어릴 때부터 같이 자라나고 조석으로 보며 피차에 청춘에 들어왔으니까 그 두 사람의 정의는 특별히 미려하다고 할는지 농후하다고 할 만하다. 창순이 영숙과 같이 경성에 올라와서 학교에 입학한 후 유일한 친구는 영숙이었다. 또한 그네들은 일요일이나 휴일처럼 학과가 없는 날 같이 미술관이나 식물원 같은 곳에 가서 하루를 재미있게 지내는 것이 무상한 쾌락이었고 피차에 만나리라고 예상했던 날에 만나지 못하면 서로 불평을 이기지 못하고 전화로라도 안부를 묻는 일이 예사였었다. 창순은 특별히 시문(詩文)에 천재를 풍부하게 타고나서 비록 학생이었으나 반도 시단에 유망한 청년 시인으로 명망이 자자하였다.

영숙은 웰스여자대학에서도 특히 유명한 영문과에 입학하여 영문학을 전공 중인데 영어가 무슨 말인지 아는 사람이라면 영어 잘하는 홍영숙이가 누구인지 으레 알았다. 또한 그는 산맹호의 쌍익(雙翼)24)과 같이 음악에 풍부한 재주도 가지는 등 다대한 소양이 있다. 그리하여 전문가의 음악연주회에도 출연하여 많은 환영을 받았다. 그래서 만약 세상 사람들에게 이상적 애인 한 쌍이 누구인지 묻는다면

24) 양쪽 날개

아마 만인이 창순과 영숙을 이야기할 것이다.

창순은 지금 스물한 살이다. 그러나 그는 6년 전에, 즉 열다섯 살에 장가를 들었다. 아니, 그가 스스로 장가든 것이 아니다. 그도 또한 다른 사람들처럼 종래의 결혼제도를 따라 그의 부모가 장가들게 한 것이었다. 만일 지금쯤 부모가 그를 장가보내겠다고 하면 그는 자기 부모에게 반항하고 그리고 이제까지의 그 결혼제도에도 굳게 반항하겠지마는 그때의 그로서는 누구나와 같이 아직 아무것도 모르는 어린 아이인 까닭으로 부모가 하라는 대로 그대로 순종하는 수밖에 없었다. 그래서 몇 해 동안은 아무것도 모르고 그럭저럭 무사히 지냈으나 그가 중학교를 마치고 대학에 들어가자 그리고 여러 가지 서적을 읽고 여러 가지 잡지를 보아 지식이 붙고 사상이 늘어 감에 따라 그는 자기의 결혼생활을 차츰 부정하게 되었다. 그는 마침내 자기의 결혼은 털끝만 한 사랑도 없고 털끝만 한 이해도 없는 죽은 육체의 결합에 지나지 않는다고 깨닫게 되었다.

그뿐 아니다. 창순에게는 지금 영숙이라는 꽃 같은 애인이 있다. 창순은 더 한층 자기의 가정이 한없이 쓸쓸하고 자기의 결혼생활이 무의미하다고 느끼게 되었다. 그리고 그는 사랑도 없고 이해도 없는 결혼생활을 계속한다 함은 결국 자기의 생을 무의미하게 마치고 마는 것이라고 생각하였다. 그래서 그는 단연코 이혼하리라고 생각하였다. 그리하여 창순은 따뜻한 위안을 절실히 요구하지마는 따뜻은 그만두고 미지근한 위안도 얻을 곳이 없었다. 그는 상하는 마음, 타는 가슴을 어디다가 말할 곳이 없어서 미칠 듯하다가 일종 쓸쓸하고 적적한 집안 공기에 마음이 한껏 고적해지고 그리고 자연히 슬퍼지는 것을 막을 수 없었다. 이럴 때마다 그는 반드시 영숙을 생각하였다. '이런 때에 영숙이 와서 나를 꼭 안아 주었으면……' 하는 생각도 나고 영숙을 힘껏 붙들고 실컷 울어 보고 싶은 생각도 났다.

창순은 지난밤에도 자지 않고 영숙을 생각하였다. 밤이 새도록 또는 날이 맑도록 생각하였다.

사람은 물질만으로는 만족할 수 없다. 위대한 정신이 있다. 이 위대한 정신의 세계를 무시하고 이와 같은 결혼으로 일생을 결정하는 그처럼 어리석은 자에게 무슨 참된 행복이 있으랴! 어찌 참 생이 있으랴! 그네들의 결혼은 사랑의 결혼이 아니었다. 정신의 결혼이 아니었다. 자못 물질의 결혼이요 맹목의 결혼이었다. 따라서 그네들의 결혼은 매음의 결혼이요 강간의 결혼이었다.

아! 우리 인생! 거짓에 쌓인 이 인생이요 부정에 쌓인 이 인생이요 우수(憂愁)[25]에 쌓인 이 인생이다. 성결치 못한 이 땅이요 진리가 없는 이 땅이다. 불쌍하고 어리석은 인생이다. 이곳에 무슨 사랑이 있으랴! 무슨 광휘가 있으랴!

이곳은 나의 인격을 죽이는 도수장이다. 나의 순실한 정을 죽이는 사형장이다. 우리는 썩은 도덕을 깨치고 새로운

25) 걱정과 근심

도덕을 세워야 하겠다. 이 도덕은 우리의 마음대로 우리의 뜻대로 정적 상황 위에 합리적 법칙 위에 각각 자아의 도덕을 세워야 하겠다. 그리하여 나는 살아야 하겠다. 나는 사람이 되어야 하겠다. 나의 죽은 인격을 살려야 하겠고 나의 죽은 감정을 부활케 하여야 하겠다.

서봉(西峯)에 잠기는 저녁 햇빛은 저편 나뭇가지에 고요히 비쳐 마치 분홍 안개가 떠오르는 듯하였다. 그리고 부드러운 공기는 온 우주의 향기를 다 모아다가 은하 같은 맑은 물에 씻어 그윽하고도 달콤한 냄새를 가는 바람에 실어다 주는 듯하였다. 꽃다운 풀 냄새는 사면에서 났다.

작은 여신의 젖가슴 같은 부드러운 풀포기 위에 다리를 뻗고 창순과 영숙은 한참 동안이나 말없이 보이지 않는 기운에 취하여 멀거니 앉아 있다. 그러나 그사이에는 벌거벗은 두 사람의 영이 서로 가슴을 부여안고 얼마나 웃고 울고 하였는지 알지 못한다. 그리하여 영숙의 얼굴 위에는 타는 듯한 홍조가 마치 저녁 하늘의 구름과 같이 떠돌고 있었으며 말할 수 없는 정염의 줄이 이리저리 흔들리고 있었다. 얼마 후에 창순은 침묵을 깨치며

"영숙 씨!"

하고 진정으로 원하는 듯한 어조로 말하였다.

"이제는 우리 부부가 됩시다. 나는 이제 자유로운 몸이 되겠으니……."

"자유로운 몸이 되다니요?"

하고 영숙은 똑똑히 창순을 바라보았다.

"네, 이혼을 단행하겠습니다."

"네?"

하고 그녀는 놀라는 표정을 지었다. 그리고 조금 이따가 머리를 돌리고 말하였다.

"아이구……. 저것을 어떻게 해요."

창순은 일부러 웃는 듯이 말하였다.

"어떻게 하기는……. 그만이지요."

"그래, 친정으로 갔어요?"

"그것은 알아 무엇 합니까?"

"그것이 적원26)이 아닐까요?"

하고 영숙은 얼굴을 약간 찡그렸다. 그 얼굴에는 무엇을 걱정하고 슬퍼하는 듯한 표정이 있었다.

"그러나 어쩔 수 없는 일이지요."

"나는 세상에 적을 사기가 싫어요."

"적이라니요?"

"나를 여간 원망하고 여간 미워하겠어요?"

"그것은 원망하는 사람이 잘못이지요."

"그리고 세상 사람이 나를 얼마나 욕하겠습니까?"

창순은 빙그레 웃으며 말하였다.

"어찌하든 낙 있는 생만 누리면 그만 아닙니까?"

"그래도……."

26) 적원(積怨): 원망을 쌓는 일

하고 영숙은 답답함을 못 이기는 듯 고개를 돌렸다.

어쩔 줄을 몰라 하는 모습에는 무엇을 퍽 기뻐하는 듯한 표정과 함께 말할 수 없는 사랑스러움이 있었다. 창순은 미소를 띠고 아무 말도 없이 그녀를 물끄러미 바라보았다. 두 사람은 아무 말 없이 침묵의 푸른 기운에 잠겼다. 얼마 후에 영숙은 테니슨[27]의 작품에 나오는 '유미스'라는 처녀가 그의 애인 '스미쓰하-데'와 헤어지고 너무도 기가 막혀 '오룬스'라는 흰 눈이 쌓인 넓고도 커다란 벌판을 사흘 동안이나 쏘다니며 부르던 노래를 부른다.

어찌할까 이 마음
못 잊는 그의 사랑!
그의 손이 걸어 주던
진주 목걸이는
오! 지금도 내 목에 걸려 있나
그러나 어디 갔나?
그이는 그리고 그의 손은
아! 나는 울겠다 이 모양으로
끝없이 포랑(漂浪)하면서
그의 옛 얼굴을
내 가슴속에 부더안고.

27) 알프레드 테니슨(Alfred Tennyson, 1809~1892): 영국의 시인

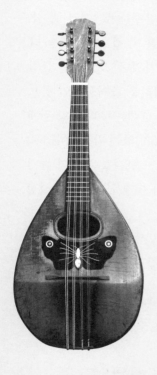

• 알프레드 테니슨
• 만돌린

하고 애처로이 부르며 다시 가늘게 만도링28)을 뜯으면서
노래하는 그 모양은 한없이 아름답고 귀여웠다. 그리고 그
의 맑은 조자(調子)29)는 물 흐르듯이 부드럽고도 어여뻤
다. 마치 자연과 사람이 악수한 오페라가 열린 듯하였다. 창
순은 그 노래에 그만 취해 버렸다. 온몸은 그 아름답고 따스
한 멜로디 속에 녹아 버렸다. 희고 보드라운 영숙의 가슴에
서 우러나오는 목소리. 한 줄기 외로운 만도링의 가는 선에
서 떨려 오르는 세장(細長)하고30) 유원(幽遠)한31) 두 소
리에 흠뻑 취하였다. 그리고 두 사람은 이 멜로디의 줄을 타
고 한없는 곳으로 영원히 흐르는 듯하였다. 조그마한 근심
도 없고 다만 아름다움과 말하기 어려운 즐거움뿐인 곳으
로…… 그가 음악 소리를 타고 흐를 때에는 우리가 땅 위에
서 무엇을 타고 달아날 때와 같이 규칙 없는 박절(拍節)32)
처럼 흐르는 것이 아니었다. 끊임없고 한결같은 그의 즐거
움은, 있다 없다 하는 웃음이 아니라 법열(法悅)33)과 열정
속에 있었다.

　두 사람은 일어나 천천한 걸음으로 시내가 흐르는 구부러
진 나무 밑을 지나 요릿집으로 들어갔다. 그 방은 심히 고요

28) 만돌린(mandolin): 이탈리아에서 유래되었으며, 쌍으로 된 현과 과일 배 모양의
몸체로 이루어진 발현악기
29) 소리의 높낮이가 길이나 리듬과 어울려 나타나는 음의 흐름
30) 가늘고 길다.
31) 심오하여 아득하다.
32) 어느 일정한 박자에 따라 셈여림을 주기적으로 되풀이하여 진행되는 마디
33) 참된 이치를 깨달았을 때 느끼는 황홀한 기쁨

한 곳이었다. 두 사람은 가져 온 저녁상을 앞에 놓고 먹기를 시작하였다. 두 사람 사이에는 꽃이 피고 꿀을 담은 정화[34]가 오고 가고 하였다.

창순은 영숙의 얼굴을 한번 바라본 후에 자기도 알지 못하는 웃음을 빙그레 지었다. 창순은 붙잡은 영숙의 손을 한번 힘 있게 쥐었다. 두 사람은 몸에 전기가 통하는 듯이 짜릿짜릿했고 불불 떨리는 쇼크를 깨달았다. 그리고 영숙의 손은 불이 당긴 듯이 따끈따끈하였다. 두 사람의 얼굴은 부끄러움에서 터져 나오는 불길이 후끈후끈하였다. 자못 두 사람의 몸에서 쏟아져 나오는 열정의 불길이 그 둘의 몸을 떨리게 하였다. "영숙 씨!"란 말이 떨어지자마자 영숙은 회오리바람같이 가슴에 안치는 남성을 느꼈다. 영숙의 가는 허리는 쇠갈퀴 같은 팔 안에 들고 말았다. 아무것도 보이지 않고 아무것도 들리지 않았다.

영숙은 어젯밤 일이 모두 꿈인 것만 같았다. 암만해도 있을 수 없는 사실인 것 같았다. 하나 뒤늦게 제 가슴을 누르고 있던 불덩이 같은 남자의 몸뚱어리를 생각하고 괴로운 한숨을 내쉬는 수밖에 없었다.

방 안은 점점 밝아 온다. 정확하고 분명한 아침 빛이 조는 듯한 잿빛을 쫓고 구석구석으로 희게 퍼졌다. 그리하여 해는 안개 속으로 금빛의 붉은 볕을 내려 쏟는다. 영숙은 문득 갈고리에 걸린 제 치마를 보았다. 오랫동안의 습관이 저도

34) 정화(情話): 정다운 이야기

모를 사이에 그것을 거기 걸었음이라. 치마는 짓부벼 놓은 듯이 구겨져 있었다. 그 구김살 하나하나가 무서운 일의 가지가지를 설명하고 있는 듯하였다. 영숙은 불현듯 몸을 일으켰다. 갈고리에서 치마를 벗겨 소리가 안 나도록 가만가만히 구김살을 펴기 시작하였다.

가는 것은 세월이요 빠른 것은 광음이다. 그해 겨울에 남산북산에 집채같이 쌓였던 찬 눈도 해가 바뀌고 봄철이 가까워지니 차차 스러지고 어언간 북악산 허리에는 뵈는 듯 마는 듯 연자색(軟紫色) 아지랑이가 실실이 층을 지어 고요히 불어오는 봄바람에 이리로 저리로 아른아른 흔들리게 되었다. 창순은 이해 봄에 학교를 우등으로 졸업하였다. 그리하여 모교의 교편을 잡게 되었다.

하늘은 무한수(無限愁)35)에 깊이 잠겨 암담하기 짝이 없고 그 위에 실비가 나실나실 내리는 밤이다. 그리고 애처로이 불어오는 바람이 정거장의 하얀 전등불을 날쌔게 휘감던 때이다. 사정 모르는 기적 일성이 뚜— 하고 한 줄기의 파동을 일으키자 창순을 실은 봉천행 기차는 떠나기 시작한다. 힘이 없는 영숙은 기차도 붙잡지 못하고 가슴에 무엇이 매달린 듯이 갑갑하고도 기가 막혀 발만 구르면서도 기차가 봉래교를 지날 때까지 행커치푸36)만 두르고 있다.

정희는 그 이름이 원래 아명이다. 머리 쪽 지던 날부터 소

---

35) 무한한 시름
36) 행커치프(handkerchief): 손수건

멸되었던 것이다. 창순 때문에 부활된 셈이다. 창순이 학교를 졸업한 뒤로는 정희를 점점 멀리하여 일종의 장애물로 알았다. 창순은 연애신성론을 뇌동하는[37] 동시에 늘 이상적 애인을 눈에 그려 놓고 정희와 같이 대보다가 얼굴을 찡그렸다. 머리에 수건 쓰고 진일, 마른일, 오줌동이를 퍼서 나르는 정희가 한편으로는 불쌍하였다. 그러나 창순은 그녀를, 집안일을 돌보아 주는 더부살이 같은 것이라 생각하였다. 참사랑을 하는 아내라고 아니 여겼다. 따라서 그는 자연히 안방을 싫어하고 멀리하게 되었다. 창순의 집은 그가 월급생활을 하지 않더라도 생활해 가기에는 넉넉하였다. 그러므로 창순은 더 공부하고자 하는 생각으로 올가을에 학교 일을 내어놓았다. 그러나 그의 모친은 들어주지 않았다. 사실상 해외에 유학까지 보내기에는 좀 어려운 편이었다. 그래서 창순은 집에 꼭 들어앉아서 자습을 시작하였다. 그가 보는 것은 거의 다 문학에 관한 것이었다.

창순은 자기의 고적을 느낄 때마다 으레 자기의 친구 김준호를 연상하였다.

'그는 행복이다—' 하고 준호의 결혼생활을 부럽게 여기는 것이었다. 준호라 하는 그의 벗은 작년 가을에 지금 청년들이 노래하다시피 하는 '연애를 기초로 한 결혼'을 이룬 것이었다. 준호의 아내는 때때로 준호의 원고를 청서(淸書)[38]

37) 뇌동(雷同)하다: 줏대 없이 남의 의견에 따라 움직이다.
38) 초고 등을 깨끗이 다시 씀. 정서

도 해 주고 그리고 그것에 대한 자기의 감상도 말하고 또는 가끔 자기가 쓴 시를 준호에게 보이기도 하고 남의 작품을 보고는 서로 평도 한다는 말을 들을 때에 창순은 준호가 얼마나 부럽고도 행복스럽게 보이고 자기의 결혼생활이 얼마나 무의미하게 보이는지 말로 다 할 수 없었다.

그러나 그는 좀처럼 생각같이 단행하지 못하였다. '그녀는 한사코 반항하겠지. 그리고 우리 집과 처가에서도 반대하겠지…… . 자식까지 낳았으니까' 하고 생각하니 시끄럽게 일어날 일장풍파가 싫고 싫었다. 그리고 무지한 사회의 허다한 욕설과 비난이 있을 것을 생각하니 여러 가지 소리가 금방 귀에 들리는 것 같고 정신이 답답하여 어떻게 하리라는 생각이 나지 아니하였다.

그러나 자기 부부는 진정 의미 있는 부부가 아니라는 것과 이혼을 아니 할 수 없다는 이유를 먼저 이야기하고 그리고 최후의 선언을 하리라고 마음을 작정하였다. 창순은 한참 동안 할 말을 생각해 가지고 용기를 다하여 안방으로 들어갔다. 그러나 그는 아무 말도 하지 못하였다. 그의 아내는 분홍 저고리에 옥색 치마를 입고 세 살 된 어린애를 옆에 누이고 램프 불 앞에 앉아서 그 어린애의 저고리를 만들고 있었다. 그가 문안에 들어설 때에 그녀는 평범한 얼굴로 그를 슬쩍 바라보고는 그가 앉을 자리를 치우려는 듯 반짇고리를 앞으로 잡아당기고는 조금 뒤로 물러앉아서 아무 말도 없이 다시 바늘을 놀리기 시작하였다. 그러나 창순은 자리에 앉지 않고 윗목에 우두커니 서서 세상모르고 누워 자는 천진스러운 어린애와 무심한 기색에 잡념 없는 침착한 태도로 바느질만 하고 있는 아내를 번갈아 뜻있게 바라보고 있었다. 창순은 그녀가 근일의 자기 안색과 태도로 인하여 무슨 짐작하는 것이 있으리라고 생각은 하였으나 그래도 그녀에게서는 아무것도 발견치 못하였다. 그가 그렇게 서 있는 동안에 모처럼 낸 용기는 어디로 들어가 버리고 무슨 말을 하려고 들어왔던가 하는 생각조차 남지 아니하였다. 얼마 동안 뜻있는 침묵이 계속되었다. 마침내 그의 아내는 아무런 감정 없는 평범한 표정으로 그러나 좀 이상스러워하는 듯한 표정의 얼굴로 창순을 쳐다보며 방긋이 입을 열었다.

"왜 그렇게 서 있으세요?"

그는 아무 대답도 없이 자기를 바라보는 그녀의 얼굴을 마주 보았다. 하지만 그는 그녀에 대해 사랑스러운 생각도 미운 생각도 아무 생각도 없었다. 그녀가 자기의 아내이거니 하는 생각조차 없었다. 다만 그저 자기와 아무 관계도 없는 그다지 친하지도 못한 사람을 대하는 것 같았다. 그러나 아내와 어린애를 물끄러미 내려다보면서 '저것들의 장래가……' 하고 생각하니 자기의 마음을 모르고 있는 그녀와 천진스럽게 누워 자는 어린애가 퍽 불쌍하고 애처로워 보였다. 그리고 차마 할 수 없는, 어떻다 할 수 없이 애석한 느낌에 눌렸다. 창순은 이렇게 속으로 생각하고 물끄러미 자기 아내를 흘겨보다가 섰던 자리에 쪼그리고 앉아서 머리를 숙이고 무슨 생각을 시작하였다.

　두 사람 사이에는 또다시 침묵이 계속되었다. 그는 어떻게 하면 좋을지를 알지 못하다가 '어떻게 할까?' 하고 머리를 들어 자기의 아내를 바라보았다. 그러자 그녀는 한없이 슬픈 모양으로 눈물을 줄줄 흘리며 머리를 숙이고 있는 것 같이 보였다. 그 순간 창순의 가슴은 찌르르하였다. 그리고 돌연히 마음이 슬퍼지고 호흡이 가쁜 듯하고 알 수 없는 눈물이 두 눈에 핑 돌아 곧 쏟아질 듯하였다. 그래서 창순은 벌떡 일어나서 자기 방으로 갔다. 그전에도 한 번 자기 아내에게 이혼하지 않을 수 없다는 것을 말하려고 한 일이 있었으나 그때에도 말 한마디 하지 못하고 말았었다. 그의 입에서는 이혼이란 말이 차마 나오지 아니하였다. 그것은 사랑이 깊어서 그런 것이 아니고 오직 여자의 장래가 불쌍하여 동정의 눈물이 흐른 까닭이었다.

　창순은 자기 방에 온 뒤에도 잠깐 동안은 까닭 없이 마음이 슬프고 아무 생각도 하지 못하였으나 조금 지난 뒤에는 여러 가지를 생각하고 또 여러 가지 환상을 그려 보았다. 영숙에게서 5~6일 전에 온 편지에 담긴 "…… 그러나 당신은 부인이 계시지 않습니까. 그러니 우리는 좀 쓰리더라도 서로 단념하는 수밖에는 없을까 합니다……"라는 내용을 생각하였다. 동시에 영숙의 불그스름한 어여쁜 얼굴이 아련히 보였다. 그리고 영숙과 따뜻한 즐거움이 있는 가정을 이룰 것을 아내가 방해하는구나 생각한즉 그는 금세 자기 아내가 밉고 원망스럽게 느껴졌다.

창순은 아랫목에 있는 이불에 기대고 비스듬히 누워서 눈을 감았다. 그런즉 '내가 죽으면 그만이지요. 아무것도 거칠 것 없게' 하는 소리가 귓가에서 들리는 듯하다. 그러나 '무엇 때문에 그녀가 죽는가?' 하고 생각하였다. 그리고 그녀가 죽으면 자기와 영숙을 한없이 원망하리라는 생각이 들었다. 또한 그녀의 부모와 자기의 부모와 또 다른 사람들은 자기를 못된 놈이니 무엇이니 하고 욕하고 떠들리라는 생각이 한데 뒤섞여 일어났다. 그리고 그 모든 욕설과 악평이 자기가 사랑하는 영숙에게까지 미치리라고 생각하니 그의 전신은 그들에 대한 분노와 증오로 가득 차게 되었다.

창순은 모든 일을 다 잊어버릴 양으로 잠들고자 애를 썼으나 도무지 잘 수가 없었다. 이불을 뒤집어 쓴 고로 가슴만 더 답답할 뿐이었다. 그는 갑갑함을 못 이겨 이불을 젖히고 한숨을 길게 내쉬고 눈을 떴다. 넘어가는 달빛은 문틈으로 흘러 들어와 방 안에 가는 은선(銀線)을 늘이고 뒷문에는 포플러의 어린잎 그림자가 까뭇까뭇 먹으로 친 그림같이 비치고 있었다.

창순은 그 그림자의 윤곽을 그리면서 부분 부분을 자세히 보고 있었다. 그러는 동안에 어느덧 영숙의 생각이 일어났다. 그녀의 까맣고 영리한 두 눈이 따로 떨어져 보이기도 하고 두 볼이 불그스름한 꽃송이같이 아름답게 따로 보이기도 하고 그녀의 코와 조그만 입이 한데 보이기도 하고 그녀의 호리호리한 전신이 온통 보이기도 하였다. 이렇게 그녀를 눈앞에 그리다가 어느덧 그는 어느 방 안 전등 밑 책상 앞에 자기와 영숙이 머리를 마주하고 앉아서 무엇을 쓴 원고지를 들여다보고 있는 광경을 아련히 떠올리며 미소하였다. 이웃집에서 닭 우는 소리가 들렸다. 그 울음소리에 응하여 다른 데서도 울었다. 그리고 어디인지 먼 곳에서도 닭의 우는 소리가 은은히 울려왔다. 마침내 그 울음소리는 한데 어우러져 녹아 합쳐지는 듯하였다. 이것은 두 번째 우는 닭의 소리였다. 창순은 눈을 딱 감고 닭 우는 소리를 듣고 있다가 또 이불을 쓰고 조금도 분별할 수 없는 무슨 생각을 하기 시작하였다. 그러다가 어느덧 잠이 들어 버렸다.

———————

해는 따뜻하게 내려 비추고 공기는 온화하다. 뿌리가 아주 마르지 않은 풀은 다시 살아서 울 밑, 길가, 논두렁, 강 언덕, 도처의 잔디밭과 돌 틈으로 파릇파릇 싹이 나온다. 백양나무, 포플러나무, 느티나무, 벚나무는 그 보드라운 향기로 어린 잎새를 품어 내고 그리고 강 언덕에 서 있는 삼사 주의 버드나무에는 담숙하게 싹이 터져 나와 한 뭉텅이로 보였다. 강 건너 저편에 둘러 있는 산은 아지랑이 속에 안겨 어렴풋이 졸고 있는 것같이 보이고 마을 오른편에 있는 해묵은 늙은 느티나무에는 두어 마리 까치가 깍깍하며 오르락내리락하고 그 울 밑에는 개나리꽃이 노랗게 피었다. 그리고 강 언덕에는 나물 뜯는 조그만 소녀 둘이 쌍으로 앉아서 조촘조촘 자리를 옮기고 있었다. 이렇게 만물은 즐거워한다. 풀이나 나무나 새나 아이들이나. 그렇지만 창순은 이러한 아름다운 봄빛을 보면서도 조금도 즐겁지 아니하였다. 봄빛을 대하매 그의 마음은 더 외롭고 더 비창하였다. 어떠하다 할 수 없이 마음은 걷잡을 수 없어서 들이나 산속 같은 데로 한없이 자꾸자꾸 가고 싶었다.

이해 봄에 홍영숙은 우등으로 학교를 졸업하였다. 그리하여 모교의 교편을 잡게 되었다. 영숙은 아버지를 일찍 여의고 홀어머니 손에서 외딸로 자라났다. 그의 홀어머니는 가세가 부유하지는 못했을망정 꽤 귀엽게 영숙을 길렀다. 그의 어머니는 하나님께 딸의 출세만을 밤낮으로 기도하고 그날이 오기를 손꼽아 기다렸다. 드디어 영숙은 그렇게도 쾌활하던 학생생활을 다 지나 보내고 이때부터 분가루를 몸에서 풀풀 날리며 교단생활을 하게 되었다.

———————

"언니! 오늘 어디 갔다가 이상한 소리를 들었어요!"

하는 마리아의 어조는 그야말로 참 이상하다. 말마디마다 특별히 힘을 넣어서 똑똑 끊어 가는 말투와 말끝마다 영숙의 얼굴을 쳐다보는 태도는, 가만히 앉아 있는 영숙에게 마리아가 무슨 말을 듣고 왔는지 묻고 싶은 호기심을 잔뜩 불러일으켰다. 그러나 마리아는 아까 듣고 온 말을 영숙에게 해야 좋을까, 하지 않는 것이 옳을까 싶어 어두만 내어놓고는 다시 주저하는 모양이요 또한 영숙도 무슨 말인지 호기심이 생겨서 물어보고 싶으나 어쩐 일인지 말하기 싫어서 그냥 앉아 있었다. 필경은 마리아의 목소리가 먼저 방에 침묵을 깨뜨리고 울리는 말이 들린다.

"언니! 나 아까 듣고 온 말 할까요?"

하면서 마치 무슨 어려운 부탁이나 하려는 것처럼 매우 주저하는 모양이다.

"하렴. 무슨 말을 들었니?"

"글쎄요. 해도 관계는 없어도……. 언니, 듣고 노하지 않기예요!"

"별 근심도 다 많네. 내가 네 말에 언제 노하던?"

"아니, 그러나 오늘은 노할까 봐서요!"

"그런 걱정 말고 할 말 있으면 하기나 해라."

"오늘 토요일이기에 하학한 후에 아까 새문 밖 언니 집에를 갔었어요!"

하면서 마리아는 태도를 고치고 무슨 중대 사건이나 말할 것 같다.

"그래서 어쨌니?"

"가서 놀다가 이런 이야기 저런 이야기 하노라니까 이창순 씨가 옵디다."

"응! 이! 그가?"

"그가 언니 욕을 막 하겠지요!"

영숙은 "날?" 하고 기운 없는 대답을 한 뒤에 얼굴이 대단히 붉어진다. 마리아도 더 말하기를 주저하다가

"아마 내가 거기 있으니까 들으라고 일부러 그러는지 몰라도 여지가 없이 언니 욕을 하는데 그저 듣노라니까 한참 혼자 분이 나서 어쩔 줄을 몰랐어요! 나중에 그는 가노라는 인사도 제대로 안 하고 그만 휙 가 버렸어요!"

영숙은 마리아에게 창순이 자기를 어떻게 욕하더냐고 묻지를 못하였다. 물론 영숙은 듣지 못하였을망정 창순이 욕하는 내용을 충분히 알 것 같았다.

창순에게는 결점이 하나 있었다. 그것은 창순이라는 일개체가 이 땅 위에서 생기를 잃지 않는 한 없어지지 못할 결점이었다. 그러나 그 결점은 창순의 과실로 된 것이 아니요 그저 순전히 창순의 세력 범위에 있던 것이었다. 창순이 세상에 태어날 때 아버지가 누구며 어머니가 어떤 인물인지를 보지도 못하고 선택할 수도 없이 무의식으로 온 것이겠지만 세상은 그런 무죄한 창순에게 첩의 자식이라는 명칭을 붙이고 국법이 허락하는 신성한 신민의 자격을 주지 않고 아버지나 어머니를 대할 때에도 조건 붙는 자식 노릇을 평생에 하게 하였다. 이것이 만약 창순의 인격상에 결점이라 하면 그것은 아버지나 어머니의 책임이지 부모를 선택하지 못하고 출생한 창순에게는 전연히 무구한 것이라고 함이 옳

을 것이다. 그러나 사회제도는 창순으로 하여금 첩의 자식이라는 비루(悲淚)를 흘리게 한 적도 있었지만 그래도 창순은 그까짓 사회제도는 생활의 무의미한 공각(空殼)39)이라고 비소하면서 자기는 사회에 대하여 조금도 굴함이 없을 줄 자만하고 생득권(生得權)을 자랑하는 자들을 오히려 냉소하며 20여 년을 생활해 온 것이다. 그러나 창순에게는 첩의 자식이라는 고루(苦淚)40)를 무한히 흘릴 때가 정말 오게 되었다. 창순은 영숙에게 약혼하자고 청하였다. 그러나 영숙은 듣기 좋게 첩의 아들이라는 이유로 거절하였다. 창순의 생각에는 영숙이 자기를 그만치 사랑하여 주고 존경하여 주니까 약혼을 청하면 물론 거절은 하지 않으리라 생각하였다가 의외천만이라고 할는지 영숙의 거절을 당하고는 참말 쓴 눈물을 세상에 나온 후에 처음으로 흘려 보고 첩의 자식된 자기의 운명을 무한히 저주하며 부모를 한량없이 원망하였다. 어떤 때는 제도 중심으로 사람을 취하는 영숙의 철저치 못한 태도를 불평하다가 어떤 때는 영숙의 준엄한 태도를 스스로 감내하였다. 이 점에 관해서는 창순이 영숙에게 무량한 존경을 나타낸 것이다. 그녀가 비록 제도 중심으로 자기를 거절한다 하더라도 사회에 대한 진정한 태도와 엄격한 기독교주의가 철저함을 보고 오히려 존경의 눈으로 영숙을 보게 되었다.

39) 곡식이나 열매 따위의 빈 껍질이나 조개 따위의 빈껍데기
40) 괴로운 눈물

영숙이 남모르게 가슴이 흔들리는 이유가 있다. 영숙의 가슴이 분주하게 된 것은 창순에 대한 사랑의 그늘이 남아 있음이 아니요 염치심의 명령으로 창순을 다시 대하지 못하게 되었기 때문이다. 이것은 영숙이 김용수라는 사람과 약혼한 사실이 있는 까닭이다. 김용수로 말하자면 교육도 없고 인격도 없는 그야말로 아무것도 없는 청년이다. 그러나 그는 어떤 운명의 신이 곱게 보았는지 유산자의 집에 귀동자로 태어났다. 용수의 부친은 화류계의 호걸로 일생을 지낸 당시에 염복(艶福)[41]이 많은 사람이었다. 그리하여 용수는 아버지의 둘째 첩의 아들로 세상에 태어나 너무도 귀하게 자랐다. 오늘날 그가 별다른 교육을 받지 못하게 된 것은 오히려 너무도 운명이 좋았던 탓이라 할 것이다.

첩의 아들이라 하여 창순의 약혼을 거절하리만치 준엄하던 홍영숙이가 오늘날 용수와 약혼을 한 것은 알지 못할 일이 이 세상에 하도 많겠지만 이것이야말로 참 수수께끼라고 사회의 이목이 일시에 쏠리는 것도 무리는 아니었다. 영숙이 용수의 소유물이 된 것은 아무리 변명하여도 맘몬[42]이라는 재신(財神)의 제단 위에 자기의 준엄한 도덕관이나 순결한 정조를 제물로 놓은 것에 지나지 않는다. 영숙이 용수를 취함은 인격도 아니요 재능도 아니요 문벌도 아니요 학문도

41) 아름다운 여자가 잘 따르는 복
42) 맘몬(Mammon): 부(富), 돈, 재물, 소유라는 뜻으로 하나님과 대립되는 우상 가운데 하나를 이르는 말

아니요 다만 금전이라는 것이었다. 영숙에게 금전이라는 것 하나가 이렇게도 중대한 의미가 될 줄은 아무도 몰랐다. 여자들에게 허영심이 그네들의 생명과 욕심만치 강하다는 것은 이따금 보는 예라고도 하겠지만 영숙의 예와 같이 기상천외한 것은 예외의 예외라고도 할 수 있다. 따라서 세상의 풍평은 억설(臆說)43)에다 억설을 더하여 다양한 평판이 교제계에 쟁쟁하게 되었다. 이 말을 들은 이창순은 분노가 충천하여 뛰는 가슴을 억제하지 못하고 어느 날 학교로 홍영숙을 찾아갔다.

"선생님, 어떤 양반이 와서 찾습니다."

하인이 영숙에게 고하는 말이다.

"누구야?"

"못 보던 사람이에요."

"나 이제 나갈게. 저 응접실로 인도하게."

"네!"

하고 하인은 치맛바람을 휙 내고 밖으로 나갔다.

영숙은 '누가 왔나?' 생각하면서 의심에 쌓여서 머리를 숙이고 응접실 문안에 발을 들여놓으며 손님의 얼굴을 보았다. 생각지 않았던 청년 시인 이창순이 불란서식으로 양복을 맵시 있게 입고 바람벽에 걸린 그림을 쳐다보고 앉았다가 앉은 채로 영숙을 힐끗 보고 묵례를 한다. 영숙의 가슴에는 불안이 떠오르지만 억지로 평온한 기색을 보이면서 창

43) 확실한 근거가 없는 추측의 말

순과 대면하여 머리를 좀 수그리고 앉았다.

"오래간만에 봅니다."

하고 창순이 먼저 인사를 한다.

"네! 참……."

"그동안 많이 변했습니다그려!"

"제가요?"

"다만 외모로만 변할 뿐 아니라 정신까지, 주의까지, 이상까지……."

"그게 무슨 실례의 말씀입니까?"

"흥! 내 말이 실례의 말이 되고 보면 나는 오히려 행복으로 압니다."

"내가 무슨 책잡힐 과실이 있단 말이오?"

"책만 잡히면 좋게요?"

"그러면 누구를 처형할 터입니까?"

"우리가 소유한 법률이 그렇게까지 철저치 못한 것이 원이지요."

"제가 법률상에 무슨 죄를 지었습니까?"

"법률상 죄라야만 무서워하십니까?"

"나는 조금도 이창순 씨한테 치욕을 당할 행위는 없었습니다."

"나 일개인이야 치욕을 설사 당한다 하더라도 그것이 무슨 큰일이겠어요? 이제 2년이 됩니다. 그때 영숙 씨에게 약혼을 청한 일이 있었지요. 평생에 잊지 못하리다. 지금 이렇

• 라파엘로의 〈성모자상(聖母子像)〉

게 하는 말은 결코 세속적 미련이 아닙니다. 그때에 내게 무엇이라고 거절의 말을 주었어요? 내가 첩의 아들이라고 불의의 자(子)라고 하셨지요? 나는 그때에 나의 운명을 혼자 쓰게 울고 어머니를 원망하고……. 그러나 그때는 내가 감히 영숙 씨를 비난치 못하였고 다만 혹독한 나의 운명만 원망했지요. 그런데 정조와 도덕관을 가진 영숙 씨가 김용수라는 첩의 아들에게 첩으로 간다니, 나 창순은 고사하고 사람치고 누가 분개하지 않겠습니까? 여자는 허영심이 생명보다도 더 강하다고 한들 그렇게도 염치심이 없고 양심을 팔아먹는 수도 있습니까? 어떻게 생각하면 영숙 씨에게 염치심을 찾고 양심을 묻는 내가 옳지 않은지도 모르지요."

"……."

"나는 말 더 할 필요도 없습니다. 당신네들이 밤낮 보는 성경에 돼지에게 진주를 던지지 말라고 했지요."

이 한마디 말을 마치고 이창순은 가노라 인사도 없이 모자를 앞으로 푹 눌러쓰고 그 방을 나왔다. 뒤에 남은 영숙은 아무리 허영심이라는 악마에게 양심을 빼앗겼다 할지라도 자기에 대하여 반성을 하지 않을 수 없었다. 창순의 구둣발 소리는 멀리 사라지고 방은 조용한데 벽에 걸린 마돈나[44]의 사진이 노한 얼굴로 자기를 쳐다보는 것 같아서 자연히 머리를 수그리고 두 손에다 얼굴을 파묻었다.

---

44) 마돈나(madonna): 성모(聖母) 마리아의 별칭

붉었던 단풍도 자취 없이 떨어져 버리고 무서운 겨울은 차츰차츰 물밀듯이 달려든다. 산을 넘어 쏟아져 내리는 하얀 눈송이는 보기 좋은 은세계를 만들어 놓았다. 어느 눈 오는 밤이었다. 문풍지는 이따금씩 목쉰 소리를 가다듬어 운다. 휑하게 빈방 안에 홀로 앉아 공상에 쌓인 창순은 머리맡 책상에 기댔던 몸을 벌떡 일으킨다. 그리하여 뒤 겯 산등성이로 난 들창을 내다본다. 중간쯤 붙인 유리 속에는 얼음이 맺혔다. 온갖 물형을 아로새긴 채 얼어붙은 얼음을 물끄러미 들여다보는 동안에 입김에 녹아 흐른다. 어두워 가는 송림(松林)의 눈빛이 어째 저리 신비한 위엄을 품고 있는지 저 희고 맑은 속에 푸른빛이 차고 푸른 속에 흰빛, 그 속에서 어두운 빛은 흘러나온다. 맞은편 울타리에 떨고 서 있는 버들은 실실이 늘어진 빨간 가지로 휘날리는 눈을 잔채질한다.[45] 창순은 눈앞에 달려드는 비애, 시커먼 장래의 자꾸 쓰러지는 희망, 꿈같은 추억, 온갖 것이 조각조각 들고 일어나 뜨물같이 흐릿해지는 머릿속으로 오락가락한다. 꽉 다문 입술은 보숭보숭하다. 억지로 버티고 일어서려 하는 기운을 모든 고민이 누른다. 그는 깎아지른 절벽에서 이름 모르는 어린 나무의 약한 뿌리를 붙들고 매달린 것 같았다.

창순의 아내인 정희가 창순을 사랑하지 않는 것이 아니

45) 포교가 죄인을 신문할 때에 회초리로 연거푸 때리다.

다. 그녀는 표정술의 속박을 받아 창순에게 미적 쾌락을 주지 못하였다. 천진으로 나타나는 사랑을 창순이 깨닫지 못한 것이다. 정희는 키스는 할 줄 몰랐으나 방학 때 창순이 시골에 내려온다는 편지를 받으면 창순이 오기 전날 넌지시 닭알도 모아 두고 떡가루도 빻아서 두었다. 여름이면 살구나 복숭아 따위를, 가을이면 뒷동산에 올라가 알밤을 주워다 두었다. 그러나 창순은 항상 열정을 공명할 곳이 없다며 한탄하였다. 창순은 연애로 번민이 심하다가 영숙이란 여자에게 실연을 당한 후 그의 모든 생애는 다음과 같은 이유로 바뀌게 되었다. 생의 충동으로 나오는 진실한 요구라 하더라도 사회를 위하여 우리는 그 욕망을 희생할 수밖에 없다. 만일 그런 청년이 다 이혼을 한다 하면 이혼을 당하는 그 몇 십만의 여자는 어떻게 될까? 만일 그 같은 큰 참극을 무관심하게 내버려 두면 그것은 큰 파괴일 뿐만 아니라 우리는 인도상의 죄인이 될 것이다. 우리는 이왕 이렇게 되었으니까 우리의 욕망은 사회를 위하여 희생하고 우리의 자녀들이나 잘 가르쳐서 그들로 하여금 즐거운 생을 누리게 하는 것이 옳을 것이다. 그것이 우리가 해야 할 일이 아닌가. 그리고 사실상 구가정에서는 절대복종이라는 불문율이 있기 때문에 언제나 아무 충돌 없이 가정이 평화롭지마는 소위 신가정에서는 좀 안다는 소치로 조금만 무엇하면 이의나 세우고 말대답이나 하여 도리어 가정이 불화스러울 줄로 생각하였다. 그리하여 창순은 근래부터는 내치던 정희를 이상적이고 동경하는 애인으로 조각하기에 착수하였다. 그리하여 밤이면 창순은 선생이 되고 정희는 제자가 되어 공부를 시작한다.

정희는 저녁 설거지를 다 마치고 방으로 들어왔다. 창순은 책상 앞에서 19세기 문학사조를 들여다보고 앉아 있다. 정희는 화로 앞으로 가서 손을 쪼이다가 다시 반짇고리에 담긴 바느질감을 잡는다. 벽에 걸린 시계는 벌써 10시가 넘었다. 창순은 반짇고리 옆에 앉은 정희를 흘깃 보면서

"벌써 10시가 넘었소. 그거 그만두고 자, 시작합시다."

정희는 반짇고리를 한편으로 비켜 놓고 책상 앞으로 온다. 그가 펴 놓은 책은 가정학이다. 창순과 정희는 마주 앉아 재미스런 교수(敎授)를 한참 계속하였다. 이때 마침 윗목에서 무슨 소리가 덜그럭덜그럭한다. 하던 말을 뚝 그치고 돌아다보았다. 어린아이가 반짇고리를 들쳐서 놓고 장난을 하였다. 정희는 놀라며 반짇고리 앞으로 간다. 너저분하게 흩뜨려 놓은 것을 주워 담아 농장 위로 얹어 놓았다. 손에 착착 접은 종이를 들고서 아랫목으로 내려와 앉는다.

"이것이 이 틈에 끼어 있었던가? 참 오래간만에도 나왔다. 이 편지가 누구 글씨인지 아시겠습니까?"

"무엇인데요?"

하고 창순은 받아서 펴 본다.

"내 글씨 같은데……. 언제 편진가?"

"아마 생각 나실걸요?"

창순은 웃으면서

"지금 같으면 이렇게 편지를 쓰지 않았을 것이지만 그때는 참……."

"그때는 참, 어쨌어요? 퍽 미워하셨단 말씀이지요?"

"그때 맘 같아서는 오늘날 이렇게 될 줄은 꿈에도 몰랐지. 나는 때때로 정희와 이혼까지 하려던 일이 우습고도 지금은 그 일을 뉘우치니까……. 그러나 지나간 일은 말해 무엇 하오. 바람받이46)에 박힌 나무는 더 단단해진다고, 한번 그런 길을 밟아 온 우리의 사랑은 날이 갈수록 뜨거워질 터가 아니겠소. 우리는 아무쪼록 사랑 속에서 죽지 않고 영원히 살 터이니까. 에덴동산에 가서도 둘이 손목을 잡고 지낼 것이니까……. 나는 참으로 사랑에는 만족하오."

"그래요. 저는 더 다시 구할 것이 없어요. 다만 이렇게 사랑을 많이 받다가……. 사람의 맘을 누가 꼭 알 수 있나요? 이만 못해질까 봐 염려해요."

"아니 그럴 리가 있소."

하면서 정희의 손을 만지던 창순은 정희와 뜨거운 키스를 나누며 괴로운 세상의 걱정을 사르고 따스한 사랑 속에서 단꿈을 꾼다.

-1924년

46) 바람을 몹시 받는 곳

애
루
몽

애루몽

1

때로 말하면 백설이 흩날리던 1920년 크리스마스 날이다. 우리 집은 어머님께서 돌아가신 뒤로 가족이 사방으로 흩어져서 식구들이 한 사람도 정처가 없던 기막힌 시절이었다. 맏형님께서는 개천 지방의 금광으로 표랑(漂浪)[1] 의 길을 떠나고는 자취를 감추어 세상에서 그의 존재를 알아주지 아니하였다. 아니, 형님께서 스스로 당신의 종적을 누구에게도 알리지 아니하였던 것이다. 그 까닭은 길게 말할 필요가 없지마는 다만 형님께서는 남에게 말 못 할 무슨 깊고도 가슴 아픈 사정이 있었던 까닭이다. 그 사정은 나 역시 말하고 싶지 아니하다.

그런데 나는 그때에 평양에서 학교를 다니다가 역시 운명의 검은손에 쫓겨 그만 고향으로 돌아갔었다. 고향은 해주

1) 뚜렷한 목적이나 정한 곳이 없이 이리저리 떠돌아다님.

군(海州郡)에서 사십 리쯤 되는 도화동(桃花洞)이었다. 고향이라고 찾아갔으나 나를 하룻밤이라도 따뜻이 품어 줄 집도 없었다. 물론 몇몇 친구로 말하면 같이 배우고 같이 자라나던 정리로 다소의 동정이 있겠지마는 사랑에 주린 나로서는 그들의 껍데기 사랑, 보통 습관으로 예사로이 '너는 참 불쌍한 사람이다' 하는 따위의 따뜻하지 못한 사랑은 도리어 불쾌한 느낌을 일으킬 뿐이었다. 그들의 사랑이란 것이 얼마나 가치가 있었으며 그들의 동정이란 것이 또한 얼마나 나의 살림에 위로가 되었을까. 그러나 나는 이와 같이 쓰린 가슴을 누구에게 풀어 볼 기회가 없었다. 어찌하여 하나님께서는 이와 같이도 나에게만은 공평치 못한 처분을 내리시는지 그 까닭을 알지 못하여 죄송한 말씀이나, 한동안은 하나님까지도 원망하지 않을 수 없었다. 나의 가슴을 조금이라도 살펴 주는 사람은 늘 살림에 분주하고 늘 가난에 쫓기고 불운에 울고 계신 누님이었다. 누님인들 나의 가슴속에서 끓어오르는 이름 모를 번민의 불길을 진정시킬 만한 무슨 위대한 힘을 가졌던 것은 아니지만 오직 나 때문에 종종 눈물을 흘리시고 나의 장래를 염려하시어 참마음으로 가슴을 태우는 사람은 오직 누님뿐이었다. 나는 누님을 대할 때에는 늘 감격한 눈물을 금하지 못하였었다. 어떤 때에는 이런 생각까지 하였다.

"차라리 고향을 떠나 하늘 끝으로 땅끝으로 멀리멀리 떠나가서 누님의 눈앞에 나의 우는 꼴을 보이지 아니하였으면……."

그러나 또 한편으로 생각하면 세상에 모든 사람이 모두 나의 존재를 인정하지 아니하지마는 누님이 홀로 나의 장래를 근심하시니 차라리 근심과 걱정, 눈물과 한숨을 누님과 더불어 한가지로 하여 볼까 하는 철없는 생각까지 들었다.

나는 아무리 하여도 이 얼음같이 차고 싸늘한 고향에 오래 있을 용기가 없었다. 아니, 고향이 나의 오래 있음을 용서하지 아니하였다. 차라리 오래 있을 필요가 없었다. 세상이 배척하고 친구가 몰라보고 양친의 분묘에 말이 없고 고향의 가슴이 따뜻치 못하다. 그러니까 무엇으로 보든 나는 하루라도 여기에 머물 까닭이 없었다. 그래서 나는 단연히 고향을 저주하고 발길을 돌려 멀리멀리 어디로인지도 모를 곳으로 떠나려 하였다. 그러나 창망한 앞길에 어디로 가야 옳을까? 산 익고 물 익고 잔뼈가 굵은 고향이 나를 내쫓으니, 더구나 살얼음판 같은 세상 어디에서 나를 즐겨 받아 줄 데가 있으며 또 어디로 향해야 나의 몸을 의탁하리오. 아무리 생각하여도 난처하기가 이를 데 없다. 그러나 떠나기는 떠나야 하겠고 가기는 가야 하겠다. 아, 이때에 나의 가슴이 얼마나 답답하였으며 나의 운명이 얼마나 거칠었으리오. 옛날 일이라도 돌이켜 생각하면 참으로 눈물이 앞을 가린다.

2

나는 드디어 떠나기로 용맹히 결심하였다.

떠나기는 떠나야 하겠지마는 그래도 어림짐작이라도 어디로 갈지를 정하기는 정하여야 되겠다. 아, 외로운 운명은 장차 어느 곳에서 나타나려는지?

길을 떠나려면 반드시 몇 가지의 조건이 붙는다. 즉 어디로 가겠다, 무엇 하러, 누구에게로, 여기에서 몇 리나 되는지, 도보로 혹은 기차로 혹은 인력거 혹은 말 혹은 자동차, 여비는 얼마나, 그리고 언제쯤이면 목적지에 도달하고, 언제쯤이면 볼일을 마치고, 언제쯤이면 돌아오는지.

이것은 누구나 피하지 못할 조건이요 또 여행하는 자라면 으레 생각해야 하는 것이다. 혹 무전여행 하는 사람이라면 모르겠다. 아니, 아무리 무전여행이라도 어떻게 해야 되겠다는 방침은 있을 것이다. 그러나 나는 정식으로 조건도 없고 엉뚱하게 방침도 없었다. 즉 말하자면 살아 있는 사람들이 행하는 절차와 있는 조건은 아무것도 없다. 오직 생리적 작용으로 호흡이 있을 뿐이요 신경의 작용으로 생각이 있을 뿐이다. 물론 호흡인들 남들이 하는 호흡같이 온전하지는 못할 것이요 생각이라고 남과 같이 무슨 값있는 생각, 결과 있는 생각이랴! 오직 공상이 있을 뿐이다. 남들은 집이 있으되 나는 몸 둘 곳이 없으며, 남들은 먹을 것이 있으되 나는 배를 주린다. 남들은 꿈을 꾸되 길몽이겠고, 나는 꿈조차 악몽이다. 즉 말하자면 나는 사람이 아니요 고깃덩이였다. 몸에 걸친 것은 간신히 살이나 가릴 것이요 먹는 것은 겨우 목숨이나 이을 만한 것이다. 이제 여기를 떠난다 해도 한 시간을 더 나가서 점심 한 그릇 먹을 재산을 가지지 못하였다. 조끼주머니를 더듬어 보니 어디서 났는지 현금 20전이 남아있다. 이것이 내가 소유한 재산이다. 이 재산이 얼마간 나의 운명을 돕는 훌륭한 금전이 될 것이다. 나는 그 굉장한 20전의 재산을 깊이깊이 간직하고 쇠잔한 등불을 보는 것같이 마음이 조마조마하여 멀고 먼 길을 떠났다.

나의 발길은 장차 어디로 향할까? 얼마 전에 나는 나의 운명을 염려하던 철원군(鐵原郡) 김기준(金基俊)이라는 친구에게 나의 신세를 편지로 부탁한 일이 있었다.

형님! 나는 지금 오도 가도 못할 비참한 지경에 빠졌습니다. 길게 말씀드릴 것 없이 나는 형님의 도움이 아니면 자살하는 것 외에 다른 도리가 없습니다. 형님의 사업에서 혹 나의 한 몸을 붙들어 줄 기관이 없을까요? 형님의 반가운 소식이 있기를 기다릴 뿐이외다.

나는 간단하고도 사정을 잘 알 수 있도록 짤막한 편지를 보내고 정말 소식이 있기를 기다렸더니 며칠 후에 김기준 형으로부터 이런 회답이 왔다.

동생의 눈물에 젖은 슬픈 편지는 어제 오후에 받았노라. 동생의 사정은 나 역시 이미 짐작하던 바인데 이제 다시금 간곡한 편지를 받아 보니 참으로 동생을 위하여 형도 몹시 애타는 바이라. 사업의 유무를 물어 무엇 하리오. 동생의 그 천재를 세상이 오히려 아는 체하지 아니하니 나도 동생과 더불어 세상을 저주하고 싶었노라. 여기에 온다고 해도 별로 희망은 없겠지마는 내가 먹는 대로 내가 입는 대로 피차에 되어 가는 대로 살아 보기를 바라노라. 이곳의 사정은 이러하더라도 동생이 오신다면 언제든지 환영하는 바이니 깊이 생각하시오. 알아주지 못하는 세상의 무정을 한해 무엇 하리오. 천만낙심하지 말고 몸 편히 있기를……

3

나는 고향을 떠나기 전에 이러한 편지를 교환하여 언제든지 고향을 떠나기만 하면 김기준 형에게로 가리라고 작정을 했었다. 그러나 지금 고향을 떠나려 하되 확실히 그 형에게로 가고자 하는 생각은 사라졌다. 덮어놓고 떠나야 되겠다는 가슴 아픈 생각이 아마 전후의 복잡한 모든 생각을 감추어 버린 모양이다. 그러나 한 가지 걸리는 것은 누님의 일이다. 나 같은 못생긴 것이라도 뗄 수 없는 동생이라고 시시로 위로하시고 틈틈이 염려하시다가 그나마 어디로인지 자취를 숨기게 되면 사랑하는 누님께서는 응당 나를 위하여 눈물도 많이 흘릴 것이요 가슴도 많이 태우실 것이다. 그다음에는 양친의 백골을 임자 없는 빈산에 모셔 두고 거친 풀 한 폭 베어 줄 사람이 없는 일이다. 하기야 임의 세상과 더불어 인연을 끊어 버리신 터에 거친 풀은 고사하고 굵은 나무가 무덤 위에 자랐던들 양친께서 아실 리는 물론 없으시겠지마는 이따금 울적한 심회를 풀고자 하여 양친의 분묘를 찾아보는 때에는 생전에 미진한 사랑이 오히려 남은 듯 우뚝한 분묘에서 홀연히 양친의 초연한 얼굴이 나타나는 듯하다. 나는 그럴 때마다 어릴 때에 양친에게 귀염 받던 생각이 문득 솟아올라 손으로 얼굴을 가리고 흐느낀 적이 한두 번이 아니었다. 그것은 세상이 너무도 나를 냉대하여 그 슬픈 이야기를 누구에게 하소연할 데는 없고 오직 돌아가신 양친의 혼령에게라도 들려 드릴까 하는 애달픈 사정이었다. 일찍이 예수교회의 목사에게 들은 말들이 있어서 우상이니 귀신이니 분묘니 하는 미신적 관념은 대개 없어졌지마는 너무도 남달리 사랑에 주린 몸으로 옛날 양친이 귀애하시던 그 참사랑을 돌이켜 헤아릴 때에는 자연히 양친의 분묘가 살아 계신 아버지와 어머니를 뵈옵는 것같이 그립고 반가웠다. 이와 같이 못 잊어 하는 분묘를 떠나려니 나의 발길이 차마 돌아서지 못하는 것도 별로 이상한 일은 아닐 것이다. 나의 운명을 헤아려 '냉정한 고향'이라는 점에서는 반드시 떠나지 않아서는 안 될 것이나 지나간 세상에 깊은 은혜를 돌아보아 '그리운 고향'이라고 생각할 때에는 무엇인가 켕기는 데가 있다. 이것이 사람의 보통 인정이라고 할는지.

나는 발길을 기울여 한 걸음, 두 걸음 차츰차츰 앞으로 나아간다. 가기는 가야 할 길이면서도 그 쌀쌀한 고향이 무엇이 그리 알뜰하다고 잊지 못하는 듯이 무심코 뒤를 돌아보게 된다. 한 세 마정[2]쯤 나와서 다시금 뒤를 돌아보자니까 동리 앞 조그마한 언덕 위에 어떤 사람이 망연히 서서 이마에 손을 얹고 어디인지 내다보고 있다. 나는 행여나 나의 누님이 나의 자취를 살피고 바라보는 것이 아닌가 하고 새삼스레 눈물이 핑 돌며 모르는 사이에 가슴이 무너지는 것 같다. 나는 모자를 벗어 그편을 향하여 두세 번 둘러보았다. 그러나 그이는 나의 모양을 보았는지 못 보았는지 그대로 서서 먼 데를 볼 뿐이다. 나는 다시 돌아서서 머리를 숙이고 정신없이 걸어간다. 한 오 리쯤 가다가 보니 신발이 해졌다. 갈 길은 천 리요 생각은 어지러운데 검은 구름이 떠돌던 겨울 하늘에서는 백설이 바람에 뒤섞여 외로운 나의 몸을 침노(侵撓)한다.[3] 가추사[4]의 '시베리아' 눈길처럼 끝없는 빈 벌판에 눈바람조차 사람을 못살게 군다. 그처럼 진정하지

---

2) 마정: 거리의 단위
3) 성가시게 달라붙어 손해를 끼치거나 해치다.
4) 카추사(Katyusha): 톨스토이의 소설 「부활」의 여주인공

못하였던 정신도 극도에 떠오르면 아마 흩어지고 마는 모
양이다. 그때까지 뒤숭숭하던 생각은 흩뿌리는 눈보라 속에
묻혀 버린 듯이 어서어서 앞길만 재촉하였다.

4

지금으로부터 30년 전 일이다. 그때만 하여도 조선은 아주
문 닫아 놓고 코 골면서 혼자 살던 시절이었다. 그때에는 조
선이란 땅덩어리가 어떠한지 그 속을 알아보려고 외국 사
람들의 추파가 은근히 구석구석 흘러 들어왔다. 북으로 청
국에는 조공을 바쳐 오던 터이므로 무의미하게 형제지국이
니 부자지국이니 하며 덮어놓고 숭배하였기에 꼴갑잖은 청
인들이 외교에 간섭을 하였으며, 더 멀리에서는 아라사5)가
용암포(龍岩浦)6)에 축항7)을 하려 하였으며, 절영도(絶影
島)8)에 군용저탄소(軍容貯炭所)9)를 만들려 하여 그들의
발길이 조선에 오락가락하였다. 이렇게 각국이 조선에 손을
대려 하는 판에 아메리카에서는 예수교의 선전이 당시에 들

5) 아라사(俄羅斯): 러시아의 음역어
6) 평안북도 용천군 부내면의 압록강 하구에 있었던 하항
7) 항만의 자연을 이용하여 선박의 정박에 필요한 공사를 함.
8) 부산 영도의 옛 이름
9) 군사용 석탄 창고

어왔다.

　바로 그때쯤인데(연대는 미상이나) 아메리카 사람 한 명이 나의 고향에서 북으로 한 사십 리쯤 되는 곳에 와서 땅속에 깊이 묻혀 있는 보물을 발견하였다. 그래서 그것에 대해 당시 조선 정부의 허가를 얻었다. 전해 오는 이야기로는 이러한 말까지 있다.

　그 서양 사람은 자기 나라에서 큰 사업을 경영하다가 그만 사업에 실패하여 다시 회복할 여지가 없었는데 최후의 계획으로 동양에 나와서 철도사업을 경영하여 그 자본주의 밑천을 회복하려 했다고 한다. 그 사람이 어찌어찌하여 나의 고향에 왔다가 그 훌륭한 보배의 창고를 찾았다고 한다. 사실인지는 모르거니와 전하는 말을 듣건대 그 서양 사람이 군용 총 3만 개를 당시 정부에 바치고 허가를 다시 얻은 것이 지금 조선에서 첫손가락으로 꼽는 유명한 운산금광(雲山金鑛)이라고 한다.

　조선에서는 금의 칠 할이 여기서 난다고 한다. 이왕에는 북진이란 촌락이 열 집도 되지 않고 산이 험하여 백주에도 호랑이가 출몰해서 그리로 사람이 지나가고자 하면 몇십 명씩 떼를 지어 가지 아니하면 매우 위험하다고 하던 곳인데, 지금은 서양 사람의 금광 덕택으로 사오천 호에 3만 명 이상이 모여 사는 큰 도회가 되어 날로 번창하여 간다.

• 일제강점기 금광의 모습

5

나는 고향을 떠나서 그날 오후 이곳에 이르렀다. 나의 고향에서 겨우 사십 리밖에 안 되는 곳에 왔건만 오전 10시쯤 되어서 떠난 길이 아무리 겨울날이라도 해가 저물어서 집집에 전등이 반짝일 때가 되었다.

눈은 내리고 바람은 불고 해는 저물었는데, 여비는 한 푼도 가지지 못하였다. 그러나 어디로 가야 좋을까. 아는 사람이라고 해야 물론 몇몇이 있지마는 그 사람들도 내가 잘살아서 이따금 한턱씩이나 내면 반가워할지는 모르겠다. 그저 오래간만에 만난대야 보통 수인사로 "언제 왔나? 잘 있었나?" 할 뿐이지 다른 교제가 있을 까닭은 없다. 더구나 나는 그때에도 학생의 신분으로 있었으니까. 세상의 풍조(風潮)[10]를 알았을 까닭이 없다. 내가 어렸을 때에 혹 우리 집에 찾아오는 손님이 있으면 어머님께서는 누구나 한결같이 대접해 주시는 것만 보았다. 그래서 나도 어디를 가든지 우리 집에 찾아오던 손님들과 같이 귀여움을 받을 테지 하였을 뿐이다. 그러나 세상은 왜 그런지 내가 생각하던 세상과는 아주 딴판이다. 세상이 아주 딴판이 된 듯하다. 아니 내가 아마 딴 세상 사람으로 이 세상에 온 듯한 느낌이 든다. 내가 생각하던 세상은 사랑의 세상이요 웃음의 세상이요 평화의 세상이었으나, 지금 내가 돌아다니는 세상은 죄악의

10) 시대에 따라 변하는 세태

세상이요 눈물의 세상이요 싸움의 세상이다.

그러나 나는 북진에 갈 때마다 반드시 찾아가는 집이 있다. 그 집은 학은(鶴隱) 형님의 집인데 학은 형님은 어렸을 때에 나의 고향에 살았다. 그때에 학은 형님은 나의 친형과 더불어 매우 의좋게 지냈다. 여러 동무 중에도 학은 형님은 우리 형님보다 나이가 위인 고로 물론 형님이 되었다. 그래서 두 형님은 친형제보다도 더 가깝게 사귀었다. 그 두 형님의 사이를 절실히 증명할 한 가지가 있다. 그것은 다른 것이 아니라 학은 형님의 부친이 세상을 떠나신 때에 우리 형님이 머리를 풀어 아들 노릇을 하였고 나의 아버님께서 또한 돌아가신 후에 학은 형님이 역시 머리를 풀고 초종범절[11]을 극진히 돌아본 것이었다. 이렇게 가까운 결의형제의 사이니까 친밀하니 어떠하니 할 여지가 있으랴? 성부동남[12]이지 정말 친형제의 사이이다. 그 후에도 두 집에서 큰일, 작은일, 좋은 일, 언짢은 일 할 것 없이 서로 살피고 서로 붙들어 한집 세간살이처럼 하여 왔다.

학은 형님이 무슨 볼일이 있어서 내 고향에 오시게 되면 반드시 우리 집에 머무시면서 당신의 보실 일을 마친 뒤에야 간다. 또한 우리 형님도 그렇게 하였다. 북진에 가서 무슨 볼일이 있으면 으레 학은 형님 댁에 가서 며칠 유숙한다. 나도 역시 그 지방으로 밤길을 향하게 되면 어찌 된 세음인지

11) 초종범절(初終凡節): 초상이 난 뒤부터 졸곡까지 치르는 모든 절차
12) 성부동남(姓不同남): 성은 다르나 일가와 마찬가지인 썩 가까운 사람

학은 형님 댁을 찾아보지 아니하면 섭섭해서 못 견뎠다. 또한 학은 형님께서도 당신 댁을 찾아보지 아니하면 "어째서 집에 오지 않느냐"고 나무란다. 그래서 나는 이 세상에서 나를 사랑하고 나를 알아주는 사람은 오직 학은 형님 한 분 밖에 없으신 줄로 확실히 믿을 수밖에 없다.

6

이번에 북진에 가서도 첫걸음으로 학은 형님을 찾아보았다. 그는 물론 반가이 맞았다. 나도 또한 그 댁에서 저녁을 먹고 그날 밤은 거기에서 자기로 생각하였다. 그날은 크리스마스날이었다. 나는 첫 번째 종소리가 들리면 즉시 예배당으로 향하여 남들과 함께 거룩한 크리스마스를 축하하려 하였다. 예배당 문밖에는 만국기를 엑스(X) 자와 열십자로 가로세로 달아 놓았다. 어린 학생들의 유희와 여학생들의 창가와 청년들의 여흥과 늙은이들의 기도와 만장한 신사들의 기뻐 웃는 소리에 나는 온갖 근심과 눈물을 거두고 한순간 거룩한 사람의 하나가 된 듯하였다. 그리하여 그날 밤 11시쯤 되어서 크리스마스 축하회를 마치고 모였던 사람들이 모두 집으로 돌아가게 되었다. 목사의 축복기도 소리가 나자마자 어린 학생들이 '아멘' 소리를 급히 부르고 신문지에 썼던 신발을 그 자리에서 신으면서 와— 밀고 나간다. 조그만 문으로 여러 명이 한꺼번에 나가느라고 수라장이 되어 북적 덤비는데 마치 씨름판 모양으로 "얘 떠밀지 말아라", "얘 발등 밟는다", "함께 가자" 하며 아이들의 우는 소리, 영감님네들의 성내는 소리, 선생님들의 꾸짖는 소리가 미처 정신을 차릴 수 없게 덤빈다. 5분 전까지도 모든 사람의 심장이 뛰노는 소리까지도 들릴 듯이 고요하고 하나님의 성신이 강림한 듯 엄숙하던 평화의 나라, 사랑의 세상은 어디로 가고 울음소리, 성난 소리, 싸우는 소리, 반항의 소리, 불평의 소리, 다시금 세상의 소리, 인생의 소리, 생존경쟁의 소리로 화하여 하나님이 어디로 가시고 마귀가 나타난 듯하고 엄숙한 세상이 문란하여진 듯하다. 나는 다시금 세상이란 이와 같이 변천이 많은 법이라고 절실히 깨달았다. 정신없이 신발을 찾느라고 한편 구석에서 어물거릴 때에 뒤로부터 "여보게, 리군" 하고 부르는 사람이 있었다.

나는 깜짝 놀라 돌아보니 얼마 전에 자기 집으로 와서 고락을 같이 지내자고 편지로 통지하여 주던 철원군 김기준이었다. 너무나 뜻밖에 놀라 나는 "어!" 하고 소리를 쳤다.

"그런데 자네, 이게 웬일인가?"

하고 기준은 물었다.

"내야 말해 무엇 하겠나. 일 없는 놈이니까 이렇게 돌아다니는 중일세마는……. 자네는 웬일인가?"

하고 나는 되물었다.

"우리 광산에서 북진에 어떤 일본 사람과 거래하는 집이 있어서 이따금 온다네!"

"응! 그렇던가?"

"그런데 나 있는 여관으로 좀 가세그려."

"글쎄……."

"글쎄가 아니라 자네를 좀 만나면…… 하던 차일세……. 그런데 내 편지는 보았나? 일전에……."

"응 받았네. 나는 편지를 받고 너무나 고마워서 울 뻔하였네……."

"에, 미친놈! 울기는 왜?"

"……."

"대관절 우리 여관으로 같이 가세. 여기서 장황히 이야기할 것 있나. 자, 가세. 가……."

나는 예배당에서 기준의 여관으로 갔다. 여관에 가서도 물론 여러 가지로 이야기가 많았지마는 다 그만두고 오직 그 이튿날 기준의 집에 가기로 약속을 하고 나는 기준과 작별하고 학은 형님의 댁으로 돌아왔다.

7

그날 밤은 왠지 꿈자리가 뒤숭숭하여 2시가 넘고 3시가 지나서도 잠 한숨 이루지 못하였다. 눈을 감으면 장래에 나타 날 나의 운명이 머릿속에 왔다 갔다 한다. 이 몸이 이 모양으로 돌아다니는데 누가 붙들어 줄 이도 없이 사나운 운명의 바다를 어찌하면 무사히 건너갈까? 비바람 몰아칠 때에 어찌하면 약한 몸을 부지할까. 배고파 눈물 뿌릴 때와 헐벗어 떨고 있을 때 외로움과 슬픔을 누가 동정하여 주리오. 나는 이와 같은 공포와 비애에 사로잡혀 돌아누웠다 바로 누웠다 하면서 지금의 역경을 다시금 헤아려 아픈 가슴을 진정치 못하였다. 몸을 뒤쳐 돌아누울 때마다 찬바람이 문틈으로 새어 들어와서 가뜩이나 약한 몸을 사정없이 음습한다. 천지는 고요하고 소리 없이 내리는 함박눈은 산과 들에 한 가지로 곱게 덮여 있다.

세상의 모든 더러운 것은 이날 밤에 온통 가려지는 것 같았다. 그러나 나의 가슴속에 타고 남은 숯검정은 없어지지 않는 것 같다.

나는 이날 밤에 눈을 멀거니 뜨고 산 꿈을 꾸었다. 또다시 나의 장래가 활동사진처럼 눈앞에 어른어른하였다. 이것은 내가 될 수 있는 대로 좋도록 꾸는 억지의 꿈이다. 나는 이런 공상을 하였다.

지금 내가 그이를 따라 광산으로 간다. 거기만 가면 의식 (衣食)은 걱정이 없겠지. 지금 형편으로 보아서는 의식만 걱정 없으면 다행이지! 아니, 그렇지 않지. 살아 있는 놈이 먹지 못할라고? 광산에는 아무래도 돈이 좀 많을 터이니까 다소 얼마라도 남는 것이 생기겠지? 사무로 말하면 기준 군이 있으니까 될수록 편한 것을 시키겠지? 아마 지금쯤이면 적더라도 한 달에 20원 수입이야 못 생길라고……. 자, 한 달에 20원 치고 밥값 용처해서 그 산골에서 10원밖에 더 쓸까? 나는 술 한 잔, 담배 한 대 아니 먹으니까 20원씩만 수입이 있으면 10원씩이야 남을 터이지. 그러면 거기서 한 1년 고생할 생각하고 매삭 평균 10원씩이면 1년에 적어도 100원은 생기겠다. 그러면 그 100원은 무엇에 쓰나! 그걸 가지고 공부나 한 1년 더하지. 1년만 더하면 중학교는 마친 터이지. 아니, 그까짓 것 공부를 한대야 중학교쯤이나 졸업해 가지고야 소용이 있나. 적어도 어느 전문학교는 마쳐야 되겠는데. 그러면 한 4년이나 되겠지? 아마 전문학교나 마치면 그래도……. 여기까지 생각을 하다가 나의 생각은 다시 돌아와서 공중으로 왔다 갔다 한다.

광산에서 한 1년 동안에 큰 부자가 되어 어디인지도 알 수 없는 경치 좋은 곳에 별장도 지어 보고 와글와글하는 도회처에 큰 공장도 세워 보고 이따금 높직한 벽돌집도 지었다가 홀연히 자취 없이 헐어 버리고. 베개를 당겨 베고 돌아누우면 싸늘한 눈바람이 문틈으로 여전히 새어 들어올 뿐이니라. 그러다가 미인의 품속에 안겨 꿀 같은 재미에 취하여 아름다운 가정을 이루다가 어느덧 떨리는 몸이 냉랭한 자리 위에 힘없이 누워 있는 나의 정신으로 돌아온다. 이리하여 기나긴 겨울밤을 뜬눈으로 새워 버리고 말았다.

아침에 조반을 먹고 급히 기준 형의 숙소로 방문하였다. 어젯밤에 오늘 조반 후에 광산으로 떠나기로 약속하였었는데 무슨 미진한 사무가 있다고 하여 하루를 연기하게 되었다. 나는 기준 형의 숙소에서 그날 오후 3시나 4시쯤까지 신문도 보고 여러 사람들과 더불어 이야기도 하다가 그 집에서 저녁밥상이 들어올 때쯤 되어 다시 학은 형님의 집으로 돌아왔다.

　돌아와서 조금 있다가 저녁을 주는데 웬일인지 학은 형님의 얼굴빛이 매우 불쾌해 보인다. 혹 집안에 무슨 걱정이 생기지나 않았나 하여 아주머니의 기색을 살피니 그이는 불쾌한 감정을 보이지는 아니하였고 나와 같이 학은 형님의 동정을 매우 의심스럽게 엿보고 있을 뿐이다. 나는 그제야 가정에 불평한 일이 생긴 것이 아니라 학은 형님이 무슨 말 못할 사정이 있지 않은가 하고 어찌 된 셈인지 마음이 놓이지 아니한다. 혹 내가 이 댁에 와서 사흘이나 머물게 되니까 벌써 냄새가 나는 모양인지 싶어 저녁을 먹으면서도 무슨 독약그릇을 입에 대는 것 같았다. 하여간 먹기 시작한 저녁이니 그가 아무리 불쾌한 감정을 보인들 중도에 그칠 수가 없었다. 그러면서도 한편으로는 '형님이 그럴 수야 있을까?' 하고 믿는 마음은 어느 구석인지 남아 있다. 이리하여 살얼음판을 밟는 듯 조심스럽게 눈치를 봐 가면서 손을 오르락내리락하면서 밥을 다 먹고 상을 물려 놓았다. 여전히 불쾌한 표정을 짓고 있던 학은 형님도 저녁상을 치우고 담뱃불을 붙이더니 메어붙이는 듯이 이런 말을 한다.

"임자는 인제 어디로 갈 생각인가?"

그러면서 나를 쳐다본다. 나는 그 말 한마디에 얼굴이 화끈해지며 전신의 피가 일시에 위로 솟아오르는 듯하였다.

"내일은 광산으로 갈램니다. 고향 사람 김기준 형이 같이 가자고 해서요……."

간신히 이렇게 대답할 뿐이다.

"글쎄, 아니 임자로 말하면 나이도 이십이 될락말락한 청년인데 어디 가면 무엇을 못하겠나? 아무것이라도 벌이를 해서 몸 간수를 해야지. 이렇게 아는 집으로 찾아다니면서 하루 이틀 얻어먹을 생각을 하면 지금같이 맑은[13] 세상에 사촌지간이라도 별수가 없어. 우리 집도 식구가 사오 인이나 되는데 내가 역시 직업이 변변치 못하니까. 마음 같아서야 임자 같은 사람이라도 먹어 주었으면 좋겠지마는 그럴 수가 없네. 자네도 좀 생각 많이 해서 다른 변통을 해 보게."

이 말에 어떻게 대답하면 좋을까? 남을 원망할 것도 없고 학은 형님의 말씀을 나무랄 까닭이 왜 있으랴. 오직 나의 무능력함을 스스로 부끄러워할 뿐이다.

한동안에는 무한한 귀염을 받고 동무들끼리 말다툼만 좀 심하게 하여도 억울하여 죽겠느니 분하여 못 살겠느니 하며 야단을 치던 나의 신세로서 아주 모르는 남도 아니고 친형님같이 믿고 찾아왔던 학은 형님에게 뼈가 쏘이는 듯한 핀

13) 살림이 넉넉하지 못하고 박하다.

잔을 먹어 놓으니 말은 바른대로 이것이 아마 세상에 태어난 후로 처음인 것 같다.

앞으로는 어떠한 물결이 뒤덮일는지 그것은 헤아릴 수가 없지마는 이것이 나의 거친 운명의 첫발자국인가 생각하였다. 이로부터 나의 운명은 눈물의 바다로 향하여 간다.

8

그 이튿날 나는 기준 형과 함께 광산으로 떠나게 되었다. 아침에 기준 형을 찾아가니 그는 방금 조반상을 대하여 앉았는데 나를 보더니 대수롭지 않은 보통 수인사를 한다.

"조반 먹고 왔나?"

그는 내가 으레 조반을 먹었으려니 짐작으로 하는 말눈치이다.

그래서 나도 "응! 먹었네" 하였다. 실상은 내가 이날 아침을 어디서 먹었을 까닭이 없었다. 어젯밤에 학은 형님에게 피가 식는 듯한 지독한 핀잔을 당하고서 나는 그날 밤에 어렸을 적 함께 소학교에 다니던 어떤 사람이 여기 와서 장사를 하고 있다고 하여 그 친구를 찾아 밤이 깊도록 이야기를 하였다. 밤은 12시가 되었건마는 나는 돌아갈 뜻이 없었고 쓸데없는 이야기로 시간을 보내었다. 마음속으로는 '염치없

는 일이다. 남의 집에 와서 12시가 넘도록 아니 가면 되나?'
하면서도 실상 나는 아무 데나 갈 곳이 없었다. 학은 형님 집
으로야 차마 갈 수가 없었다. 결국은 그 집에서 그이와 함께
잤다. 그는 나와 동갑 사이인데 매우 싹싹한 청년이다. 아침
에 그는 가게 문을 열어 놓느라고 일찍이 일어났다. 나도 따
라 일어났다. 얼마 있다가 그는 조반상을 받게 되었다. 나는
그가 조반상을 받자마자 모자를 벗겨 들고 주의14)를 입고
일어서니까 조반 먹고 가라고 한다. 나는 물론 조반 먹을 데
가 없었다. 그러나 쓰린 가슴을 억지로 참고 천연한 얼굴로
말하였다.

 "아니 학은 형님 댁에 가서 먹어야지. 안 가면 또 나무라지
않을까?"

 그는 나의 사정을 거기까지 속 깊이 알 수가 없었다. "아
마 그럴 터이지" 하고 그는 잘 가라고 인사를 한다. 나는 드
디어 그 집에서 떠났다. 지금 막 기준 형을 찾아온 길이다.
웬만하면 "밥 좀 먹어야 되겠네" 하고 기준의 숟가락을 빼
앗아서라도 먹고 싶은 마음이 일어나지마는 사람이 어찌 그
럴 수가 있으리오. 오직 고픈 배를 속으로 주리고 눈살을 찌
푸리면서도 천연한 안색으로 "방금 잔뜩 먹었네" 하고 시치
미를 떼고 기준을 속인다는 것이 결국 속은 사람은 나뿐인
가 보다.

14) 주의(周衣): 우리나라 고유의 웃옷. 옷자락이 무릎까지 내려오며, 소매 · 무 · 섶 ·
깃 따위로 이루어져 있다. 두루마기

9

기준과 함께 떠난다. 기준이 있는 광산(내가 지금 갈 데)은 북진에서 육십 리라고 하건마는 그 사이에 큰 고개를 넘어야 한다. 그 고개는 운산과 초산 두 사이를 가로막는 경계선인데, 그곳 사람들이 아미령(丫尾領)이라고 한다.

그래서 초리 땅을 가려면 불가불 아미령을 넘어야 된다. 기준과 나는 북진을 떠나 한 십 리쯤 가니 벌써 앞에 가로막고 있는 것은 아미령이다. 고개 이편에서 저편까지 이십 리는 훨씬 되는데 가는 길이 어찌나 험한지 한 해 겨울에 인마15)가 얼마나 상하는지 모른다고 한다. 쳐다보면 하늘에 닿은 듯한 봉우리가 구름 속으로 쑥 뻗쳐 들어간 것이 그 꼭대기에 사람을 삼키는 사나운 짐승이 있을 것 같고 인생의 운명을 저주하는 악마의 울음소리가 들리는 듯하다. 나는 처음으로 그 산 밑에 다다라서 그 꼭대기를 올라가고 다시 저편 사람들 사는 세상으로 갈 생각을 하니 어째 호랑이 굴혈을 가만히 빠져나가는 것 같다. 그 시커멓고 억센 산덩이가 나의 조그만 몸을 내려 누를 듯한 두려움이 일어나며 소름이 쫙 끼친다. 등에는 무거운 짐을 졌다. 아까 떠날 때에 기준 형이 내게 맡긴 것이다. 중량으로 말하면 그다지 무거운 것은 아니지마는 아침을 먹지 못하였고 겸하여 험한 산길은 내내 비탈이다. 비탈이라도 넓으면 그다지 무시무시하지

15) 인마(人馬): 사람과 말

는 않겠지마는 사람 하나 피하기 어려운 좁은 길에 얼음이 깔려 있고 굽어보면 십여 길 씩이나 되는 언덕이 눈 아래에 떨어져 있다. 발 한번 까딱하면 귀신도 모르게 죽을 것이다. 구불구불한 길이 헤일 수 없이 돌고 또 돌았는데 헐떡거리는 거친 숨소리는 무슨 무서운 꿈을 꾸는 사람의 것과도 같고 코에서는 쓴 냄새가 끼친다. 나는 기준 형을 앞세우고 그냥 따라 올라간다. '이 모퉁이 돌아가면 꼭대기가 되겠지?' 하고 따라가도 아직 멀었다. 바람은 매섭게 몰아치고 쌓인 눈은 돌덩이같이 굳어졌는데 등골에서 흐르는 땀줄기는 개천이 되는 듯하다. 이마에도 땀이 흘렀다가 몰아치는 찬바람에 서리가 끼쳐 이상하게 춥게 느껴진다. 이 모양으로 간신간신하게 꼭대기까지 올라가니 숨이 훅― 나아간다. 산은 얼마나 높은지 꼭대기에 올라앉아 저 멀리 앞을 내다보니 모든 산들이 주먹같이 보이고 삼백 리 밖으로 기차 가는 모습이 보이는 듯하다. 물론 보일 까닭은 없겠지마는 너무나 애를 쓰고 올라오니 성공이나 한 것 같다. 그런데 이 모양으로 여기까지 올라오기는 왔으나 아침을 먹지 못한 배 속에서는 야단이 났다.

배는 고플 대로 고프고 허리는 꼬부라질 대로 꼬부라졌다. 그러나 가기는 가야 될 길이다. 그만 기막힌 생각을 해서는 산꼭대기에서 그냥 굴러 떨어져서 죽어 없어지고 말았으면 모든 문제가 일시에 해결되고 말 것이지만, '그래도 혹 사람의 운명을 알 수가 있나?' 하는 어림없는 희망에 속아서 삶의 욕심이 또다시 솟아오르기 시작하였다. 이것이 사람의 본능이라고 하면 사람은 참으로 어리석은 것이다. 이리하여 나는 다시 기준 형을 따라 걸음을 재촉하였다. 그 꼭대기에서 오던 길을 내려다보면 안개가 자욱한 속으로 연기가 뿌옇게 떠오르며 와글와글하는 북진의 거리가 눈앞에 나타난다. 그 속에서 서로 다투고 서로 싸우는 무리들이 서로 떼밀치며 왔다 갔다 할 것이다. 죄악의 냄새가 공중으로 떠오르기 시작하는 듯하다.

나는 발길을 돌려 산 너머로 내려서니 어느덧 세상은 고요한 듯하고 깨끗해진 것 같다. 비록 산은 높고 골은 깊어 컴컴한 그림자가 골짜기를 음습하고 있지마는 티끌 속에 죄인의 무리가 섞여 사는 거기보다는 단순해 보인다. 내려가는 길은 올라오는 길보다 비교적 헐하다[16]. 가파르고 미끄럽기는 하지마는 내리 닿는 속력은 마루래도 빨라서 과히 땀 흘리지 아니하고 저변 인가 근처에 다다랐다. 나는 다시금 숨이 나간다. 그러나 거기서도 목적지가 사십 리쯤이나 되는데 평지의 오십 리보다도 더 멀다고 하는 기준 형의 설명을 듣고 가슴이 뜨끈하였다. 그 오십 리가 한 50년이나 되는 듯이 생각이 들었다.

"가는 길에 점심이나 먹을 데 있나?" 하는 나의 물음에 "정신없는 소리 말게. 이 산골에 점심이 뭐야!" 하는 기준 형의 대답은 말할 수 없는 슬픔을 느끼게 하였다. 나는 운명의

16) 일 따위가 힘이 들지 아니하고 수월하다.

신에게 선고를 받은 듯하였다. 그때에 만일 누가 내 얼굴을 본 사람이 있었다면 그 고통을 참는 절망의 빛은 차마 보기 어려웠으리라. '돈이 있어도 먹을 것을 구할 수 없다'는 기준 형의 기막힌 이야기는 나에게 더할 수 없는 상처를 준 듯하다. 그런 말을 들을수록 배는 점점 더 고파 오고 그것을 생각할 때마다 다리는 차차로 떨린다. 사람의 목숨은 모질기도 하다.

정신없이 땅만 굽어보고 가는 것이 한 발짝, 두 발짝 하여 어느덧 오십 리가 되고 가고 또 가고 하여 모르는 새에 이십 리, 삼십 리가 되었다. 벌써 짧은 해는 서산에 걸렸다. 저녁 바람은 살을 깎을 듯이 쏘아 오고 어둠의 그림자는 온 세상을 덮을 듯이 달려온다. 해는 저물었다. 바람은 지동 치듯 일어난다. 기준 형과 나는 수목이 하늘에 닿은 듯한 골짜기로 발을 옮긴다. 인제 겨우 광산 어귀에 이르렀다. 이 골짜기는 그 산 못지않은 험한 골짜기이다. 조금씩 가니 인가가 보이기는 하지마는 오르막, 내리막, 언덕길, 비탈길, 얼음판, 돌각 밖 어디 한곳에 마음 놓고 발 디딜 데가 없다. 게다가 처음 가는 길에 캄캄한 밤길이라, 앞에서 무엇이 부석하면 호랑이가 뛰어나오는 것 같고 어디서 무엇이 어른어른하면 두억신[17]이나 도깨비가 나와서 덮치는 것 같다.

간신히 이 골짜기를 쳐들어가니 높은 언덕 위에 위태롭게 매달려 불빛이 보이는 곳이 지금 우리가 가고자 하는 곳이

17) 두억시니: 모질고 사나운 귀신의 하나

다. 둘은(기준과 나) 방으로 들어갔다. 여기가 기준 형의 집이다. 들어가니 미처 신발도 벗기 전에 온 집안 식구들이 놀라는 듯이 반긴다.

"이게 웬일이야. 이 산골에 자네가 올 줄은 뜻밖일세그려."

나는 그날 큰 전쟁을 치르고 개선가를 부르고 돌아오는 장사의 모양으로 모든 어려움과 위험한 곳을 빠져나온 듯했다. 저녁을 먹고 나니 지나간 세상에 풍진을 겪은 듯이 새로이 피곤함을 느꼈다. 이로부터 나는 이곳에서 무엇을 하고 있게 될는지.

10

해진 외투를 뒤집어쓰고 광혈(鑛穴) 옆으로 왔다 갔다 하며 광부들의 행동을 감시하며 놀지 말고 어서 일하라고 듣기 싫은 소리를 한다. 이것이 나의 사무이다. 낮이면 추우나 더우나 바람이 불든 눈이 오든 산비탈 바위틈으로 광혈을 찾아 헤매며 떨리는 몸을 주체하지 못하고 밤이면 사무실을 지키고 간단한 문부를 정리하는 것으로 세월을 보낸다. 교제하는 인물로 말하면 두 눈이 발바닥 같은 광부들뿐이요 출입하는 장소로 말하면 사무실을 중심으로 아침저녁 밥 먹으러 다니는 길 뿐이다.

밤이 되면 수십 명의 광부들의 이야기판이 벌어지는데 어찌 되어 그들의 이야기를 듣게 되면 별별 이상한 이야기가 많다. 대부분이 음담패설이요 그렇지 않으면 이왕에 어느 광산에서 어떤 덕대[18]님 앞으로 몇 구덩이에 사람을 얼마를 묻어 일을 시키는데 한 포대에 금이 몇 돈이 나왔느니 어쩌니 하는 등 거짓말이 절반 이상이나 섞인 그럴듯한 이야기들이다.

그들의 살림은 단순한 듯하면서도 복잡하다. 아침부터 저녁까지 십여 길이나 되는, 햇빛도 아니 보이는 캄캄한 굴속에 들어가서 열 시간 이상을 노동하여 한 달에 수입이 있으면 겨우 수십 원에 지나지 않고 그렇지 않으면 자본주의 빚을 지게 된다. 그러면서도 신수가 좋아야 어디 부상이나 당할 뿐이요 까딱하면 죽기가 보통이다. 이렇게 생기는 돈이라도 한 달에 얼마가 생기든 술값으로 없애지 않으면 벼르고 별러서 굉장한 몸치장 한 번에 없애 버린다. 이것이 그들의 살림이다.

나는 이 틈에서 살아가게 되었다. 처음 하루 이틀쯤은 엄벙덤벙하는 바람에 어찌 되는 영문인지 알 수가 없더니 차차 세월이 갈수록 갑갑하고 울적한 마음을 금할 수 없다. 산과 산이 마주 질려 그 사이로 고불고불한 골짜기가 사람 하나 피할 데가 없는 것 같은데 하늘은 더욱 높이 보인다. 동

18) 덕대(德大): 광산의 주인과 계약을 맺고 광물을 채굴하여 광산을 경영하는 사람

구 밖에서는 대포 소리가 나도 들리지 않을 것 같고 세상이 말끔 뒤집혀도 도무지 소식을 알 길이 없었다. 그때가 마침 구라파[19] 천지가 뒤끓는 세계대전란이 한창 어우러진 판인데 독일이 어찌 되는지 연합군이 어찌 되는지 전연히 알 길이 없다.

나는 이곳에 온 지가 벌써 그럭저럭 3개월이 되었다. 그동안에는 물론 세상의 소식을 알았을 리가 없고 또 알려고도 하지 않았다. 따라서 나 역시 누구에게도 나의 소식을 알리지 않았다. 알리지 않을 뿐 아니라 알리고 싶지 않았다. 그러노라니 나의 끓는 듯한 마음, 사람들의 세상을 그리워하는 생각이야 어떠하였으리라고 스스로도 헤아릴 수가 없었다. 나는 마치 세상에서 무슨 중대한 죄악이 있어서 그 죄의 값으로 이곳에 쫓겨 온 듯한 느낌이 있었다. 언제나 이 귀양살이를 면하고 사람들 사는 세상에 나가서 어깨를 같이하고 살아 볼까 하는 생각이 날이 갈수록 두터워 갈 뿐이다.

그중에서도 더욱 그리운 곳은 나의 고향보다도 어디보다도 평양이다. 평양이라고 그다지 나를 생각하는 누가 있을 까닭이 없겠지마는 학생 모자를 쓰고 한 책상에서 배우고 한자리에 잠자던 나를 이해하는 몇몇 동창 친구가 있다. 그네들 중에는 지금 나의 자취를 알고자 찾는 이가 있을 것이다. 그러나 나의 꼴을 그네에게 차마 알릴 용기가 없었다.

그러나 나는 아무래도 내가 살아 있다는 소식뿐이라도 알

19) 구라파(歐羅巴): 유럽의 음역어

릴 필요가 있다고 생각이 되어 어느 날은 가장 사랑하는 친구 중 한 사람에게 엽서를 보내었다. 그이는 그때에 평양 ○○학교에서 교편을 잡고 있는 안기호(安基昊) 형이었다.

　형이여, 오래 막혔소이다.
　인생의 운명을 온통 짊어지고 백발을 재촉하는 세월도 무정하거니와 해가 바뀌고 해가 새롭도록 남북이 나뉘어 소식이 막연하니 나도 무정하외다. 형이여! 평양을 떠난 후에 동생의 자취는 부평같이 떠돌다가 어디인지도 모르는 이곳에까지 이르렀소이다.
　지금 동생은 끓어오르는 가슴을 진정할 길이 없사외다. 이러는 가슴을 형님이나 계셨더라면 알아주겠지마는 이곳에는 이를 알아주는 누구도 없사외다.
　머지않아 형님이 계신 곳에도 또다시 이놈의 발길이 부딪칠는지 알 수 없사외다. 답답한 가슴을 말할 길 없사외다. 이만 드립니다.

편지의 내용은 간단하고도 쓰린 가슴을 그린 듯하였다. 그리고 후면에는 주소 성명을 쓰지 않고 다만 "백운신선동(白雲新仙洞)에서"라고만 썼을 뿐이다. 그것은 오직 내가 살아 있다는 소식을 알릴 뿐이요 그에게 나의 현주소를 알리고 싶지 않은 까닭이었다.

11

내가 이처럼 번민과 적막이 한데 얽어진 가운데서 살아가는 동안에 벌써 편지를 보내고 석 달이나 되었다. 봄이 왔다. 적막하던 세상이 번화하게 되어 간다. 세상에 있을 때와 마찬가지로 인연이 없는 듯한 이 광산 골짜기에도 봄이 왔다. 생각건대 사람들의 세상에는 꽃이 피었다가 떨어지고 벌써 녹음을 재촉할 때나 되었을 음력 4월 초생인데 이곳에는 이제야 비로소 꽃봉오리가 열리고 나비가 드문드문 보인다. '벌써 4월이 되었구나' 하고 생각할 때에 나는 문득 이곳을 벗어날 생각이 맹렬히 떠오르기 시작한다.

당초에 예정한 대로 매삭 얼마씩이라도 돈이 좀 생겨 저금을 하게 될 줄 알았더니 그것도 마음대로 되지 않는다. 그러니 이곳에서도 내가 생각했던 바와는 아주 다르게 되었다. 그러니까 나는 더욱 이곳에 마음이 붙지 않는다. 겸하여 일기가 따뜻하여 오니 평지에 나가면 어느 방면으로든지 살아날 방침이 있을 것이다. 나의 운명을 헤아리면 화려하게 개척될 날이 어느 때일지 보이지 않을 것 같지마는 여기저기로 돌아다니면 남들이 잘사는 모양을 보아도 얼마쯤 마음이 풀릴 것 같다. 아무래도 운명이 광방한 길로 개척되지 못할 바에야 하필 산골짜기에 묻혀 있을 까닭이 없다. 차라리 평양이나 경성 같은 데로 가서 고학이라도 하여야 되겠다는 생각이 떠오른다. 마침 4월 8일이 되었다. 그때에 기준 형은 북진에 다녀올 일이 있었는데 나와 함께 가기를 청하였다. 나는 물론 따라가기로 약속을 정하였다.

나의 목적은 북진을 가고자 함이 아니라 이 기회에 멀리 다른 데까지 떠나려는 것에 있었다. 아침에 일찍 떠나 그날 저물 때쯤에야 북진에 다다랐다. 북진에서 기준 형은 그 이튿날 볼일을 마치고 회천 지방으로 광산을 시찰하고자 떠난다고 하면서 내게 10여 일을 기다려서 같이 광산으로 들어가자고 한다. 나는 역시 그리하마 약속하고 기준 형을 회천으로 보내었다.

기준 형을 보낸 후에 4~5일을 여관에 유숙하고 있으니 여러 가지로 답답한 심회를 금할 수가 없다. 기준 형과 굳게 약속한 것을 무심히 깨뜨려 버리고 아무 말 없이 정처 없이 떠나자니 기준 형의 뜻을 저버리기 어렵고 그렇다고 기준 형을 기다려 또다시 그 골짜기로 들어가자니 깊은 지옥 속으로 굴러들어 가는 것 같은 생각이 든다. 그러나 나는 이곳을 다시 떠나야 되겠다. 떠나기는 떠나야 할 터인데 수중에 한 푼의 여비가 없으니 덮어놓고 떠나기도 어려운 형편이다. 만일에 하루 이틀 지나게 되면 불원에 기준 형이 돌아올 터이니 만일 기준 형이 돌아오면 물론 광산으로 가자고 할 것이다. 또다시 광산으로 가게 되면 나의 운명은 아무 희망도 없을 것이다. 오직 산골짜기에서 초목과 함께 썩을 것이다.

이를 생각하니 나는 새삼스럽게 소름이 끼침을 깨달았다. 그러니까 불가불 어디로든지 떠나야 되겠다. 떠난다고 해도 무슨 다른 도리는 없을 것이지마는 앞으로 나아가면 무엇이 생길 것 같고 희망이 있을 것 같다. 운명의 신이 어디에서인지 내가 오기를 기다리는 것 같다. 어디까지 배척하던 사회가 손을 들어 만세를 부르는 것 같고 쓸쓸하던 세상이 다시금 번화한 듯하다. 그것은 아마도 나의 감정이 이곳을 떠나고야 만족할 것 같으니까 앞으로 고생살이의 길을 무한히 열어 주는 악마의 장난인지는 모르겠지마는 어쨌든 나는 도회지를 동경하는 클클한 생각이 불같이 떠오른다.

쓰고 남은 돈이 3원뿐이다. 이것이 내가 지금 가지고 나서는 여비이다. 저번에 고향을 떠날 때에는 20전을 가졌으니 거기에 비교하면 3원도 거액이라고 하겠지마는 그때로 말하면 그래도 조금이라도 갈 곳이 있는 멀지 않은 곳이었으니 얼마쯤 마음은 놓였으나 이번에 나서는 길이야말로 한없는 길이다. 몇 해를 갈는지 몇천 리, 몇만 리를 갈는지 한계가 아득한 길에, 외로운 생명을 3원이라는 금액에 목을 매어 놓고 출발하였다. 물론 기준 형에게는 나의 사정을 알리는 것이 도리라고 여겨 나가는 길에 간단한 두어 줄 글로 사연을 적어서 여관집에 맡기고 나왔다.

형님은 용서하여 주소서. 저는 형님의 무한한 사랑을 저버리고 지금 여기를 떠납니다. 여기를 떠나면 장차 이 몸은 어느 곳에 나타날는지 저 스스로도 알 수가 없습니다. 오직 발길이 향하는 대로 몇 해이든지 떠날 작정이올시다.

형님이 오시기를 기다려 떠난다는 말씀이라도 고하고 떠남이 아우의 도리인 줄은 모르지 않사오나 한없는 앞길이 너무도 총총하와 미처 뵈옵지 못하고 떠납니다. 내내 형님 기운 안녕하시오며 보시는 일은 더욱 잘 되시기를 바라나이다. 자세한 말씀은 후일에 기회가 있는 대로 다시 드리오리다.

떠나는 동생 ○ ○은 기준 형님에게 올림

12

"아이고, 이게 누구요?"

"어머님! 운산 형님이에요."

나는 지금 막 영변[20]의 외삼촌 댁에 왔다. 어린 동생들이 반가워들 하면서 뛰어나와 손을 이끌어 방 안으로 인도한다. 나는 기운 없이 동생들에게 끌려 들어가서 외삼촌 댁에서 그중 어른 되시는 이부터 순서를 잃지 않고 절을 하였다. 오래간만에 뵈옵는 터임으로 다리도 쉬고 의복도 고쳐 입을 겸하여 영변에서 한 주일쯤 묵기로 하였다.

이미 여기까지 와서 몇 날을 머물게 되니 또한 앞으로 나

20) 영변(寧邊): 평안북도 남동부에 있는 군

• 영변 만노문

의 갈 길이 아득하다. 당초에 떠날 때에는 여러 가지로 클클한 생각에 이 생각 저 생각 모두 잊어버리고 무슨 일이나 있는 듯이 급급히 떠나왔었지만, 정작 떠나고 보니 역시 걱정이다. 몇 날을 지내며 마음이 가라앉게 되니 다시금 운명의 저주를 받는 듯한 느낌이 용솟음을 한다.

북진에서 외숙 댁까지 일백이십 리인데 여기까지 오는 동안에는 반드시 나의 고향을 지나야 되었다. 그러나 나는 그리운 고향이라는 것보다 저주하고 싶은 고향이라고 생각하여 차마 그리로 지나가는 것을 싫어하였다. 고향을 들어가기는 고사하고 고향 사람을 보기가 싫었다. 그것은 고향 사람과 내가 무슨 숙원(宿怨)이 있음은 결코 아니다. 나의 꼴을 그들에게 보이기 싫었음이다. 그래서 나는 고향을 바라볼 때에 반가워하기는 하면서 무슨 원수의 얼굴을 대하는 듯이 일종 공포심이 일어나서 멀리 바라보면서 다른 길로 에돌아 지났다.

그리하여 봄날의 따뜻한 햇빛 아래에 종다리 지저귀는 소리를 들으며 산 위에 쓰러져 가는 늦은 꽃을 바라보면서 맥없이 머리를 숙이고 영변까지 이르렀다.

1년 같은 봄철 날이 지루하다고 생각할 새도 없이 하루 이틀 보내는 것이 10여 일이 되었다. 때는 벌써 5월 단오가 되었다. 이 지방의 풍속은 5월 단오 때면 1년 중 어느 명절보다도 제일 기쁘게 지내는 터이다. 부인네는 동산놀이, 그네 뛰기를 하고 남자들은 씨름을 하였다. 몇 날 동안은 온 동리

일동이 총출동을 하여 굉장한 유흥이 벌어진다. 다만 나는
어느 날이라고 별로 기쁜 일이 없었고 명절이 왔다고 별다
른 무슨 감정이 있을 까닭이 없었다. 오직 과거의 남은 기억
이 옛 자취에서 따라올 뿐이다. 이곳에 남아 애쓸 까닭이 없
다. 차라리 하루바삐 또 떠나야 되겠다. 가는 데마다 밑에서
송곳질을 하는 듯이 나의 자취는 가기가 바쁘게 떠나는 것
이 사업인가 보다.

　나는 한없이 표랑하기에 좋은 핑곗거리가 하나 생겼다.
한없는 세월을 따라 한없이 달아나려는 나의 주의는 어떤
의미로 진리를 발견한 듯도 하다.

　서울에서 왔다는 어떤 청년을 우연히 이곳에서 만났다.
그는 어느 생명보험회사의 권유원(勸誘員)21)이다. 그는 자
기도 역시 세상이 도무지 귀하지 않아서 죽기보다 나을까
하는 생각으로 생명보험회사의 권유원이 되어 각처로 돌아
다닌다고 하였다. 만나는 사람마다 못 견디게 졸라서 겨우
목숨을 부지하여 가며 쓴 세상에 찬 눈물을 흘리며 한없이
돌아다닐 작정이라고 한다. 그러면서 나더러 같이 다녀 보
자고 하기에 나는 서슴지 않고 승낙하였다.

21) 오늘날 영업사원

13

몇 날 후에 나의 그림자는 다시 박천(博川)[22] 땅에 나타났다. 소위 감독이라는 자의 지휘를 받아 박천 땅으로 가입자를 모집하러 갔다. 면면촌촌이 큰 집을 찾아 그럴듯한 사람들은 열별로 하나도 빼지 않고 방문하여 보았으나, 생명이 중한 줄을 깨닫지 못하는지 혹은 나의 자격을 인정하지 않는지 "우리 조상 적 옛 어른들은 생명보험회사에 들지 않고도 백 세나 살더라" 같은 한마디 지독한 예를 들어 일일이 거절한다. 아무리 떼를 써 보아도 돈 안 내고 가입 아니 하겠다는 데야 다시 할 말이 없다. 간 데마다 골이 아프지마는 그래도 쓸데없는 일이다. 그래서 나중에는 '이 놀음도 내게는 맞지 않는구나' 하는 낙망을 하게 되었다. 이왕 이 길로 나선 바에 박천 읍내에나 한번 들어가서 최후의 활동을 다 해 보다가 일이 틀리면 그만 내버리고 쓸데없는 생명이니 물에라도 빠져 죽고 말겠다는 무서운 결심을 하였다.

이날은 마침 일요일이다. 나는 박천 읍내로 들어가서 어떤 여관에 들었다. 저녁을 먹고 피곤한 다리를 쉬는 동안에 맑은 공기를 흔들고 울려오는 교회의 종소리가 들린다. 그 종소리는 운명의 신이 나를 소리쳐 부르는 것 같다. 생각 없이 벌떡 일어나서 모자를 쓰고 두루마기를 입고 짚신을 끌고 예배당으로 찾아갔다. 가니까 강단 바로 앞에서 어떤 직

22) 평안북도에 있는 읍. 박천선의 종점이며 박천평야의 중심지

원인 듯한 사람이 나를 향하여 오더니 말하였다.

"이게 누구냐? 자네가 웬일인가?"

정신없이 두리번두리번하고 앉았다가 깜짝 놀라 바라보니 그이는 내가 소학교에 다닐 때에 3년이나 모셨던 안 선생님이다. 마치 지옥에서 예수를 만난 듯이 반가움과 어색함이 섞인 눈물이 쏟아진다. 악풍폭우(惡風暴雨)[23]에 부대끼던 곤한 몸이라 4~5년 만에 뜻하지 않은 곳에서 갑자기 안 선생님을 만나게 되니 지나간 나의 슬픔이 한꺼번에 쏟아져 나오는 듯하다.

"아이고, 선생님!"

나는 이 말 한마디를 간신히 하고는 다른 무슨 사정을 이야기할 용기가 없었다.

"그런데 이게 웬일인가? 내가 여기 있는 소식을 어디서 들었나?"

그는 자기의 소식을 듣고 내가 박천을 찾아온 줄로 알았다.

"소식을 들을 수가 있습니까! 우연히 지나다가 예배당을 찾아온 것이 선생님을 역시 우연히 뵈오니까……."

말끝을 이루지 못하고 무심히 한숨이 나아간다. 잠시 동안이라도 나의 행색을 짐작한 안 선생님은 나의 행동에 급히 놀란 모양이다.

그 사이에 다른 신도들은 안 선생님과 나의 행동을 이상한 눈으로 번갈아 주목하며 서로 얼굴을 마주보며 수군수

23) 악한 바람과 사나운 비

군한다. 아마 "저게 웬 사람이야?" 하면서 나의 신분이 궁금한 모양이다. 때마침 사회자는 엄숙한 목소리로 "예배 시작합시다" 하고 찬미책을 들고 강단에 나타난다. 신도들은 성신이 강림한 듯이 기침을 칵칵하면서 강단을 향하여 자리를 고쳐 앉는다. 안 선생님도 나의 손목을 놓고

"예배 마친 후에 집으로 가서 천천히 이야기하세!"

하면서 강대[24]로 향하여 간다.

한 시간쯤 지난 뒤 예배를 마친 후에 여러 직원들은 나에게로 몰려오면서 손목을 잡고

"형님, 어디 계십니까? 은혜 중 안녕히 오셨습니까?"

나이로 말하면 존장[25]뻘이나 되는 목사님까지도 덮어놓고 형님이라 한다. 나는 손님으로 미안하게 생각하면서 면면이 인사를 받고 그이들과 함께 안 선생님 댁으로 갔다. 안 선생님은 여러 직원들에게 일일이 나의 신분을 소개한다. 그러고는 다시 학력검사가 시작되었다.

"언제까지 ○○학교에 다녔나?"

"작년 봄까지 다녔습니다."

"몇 학년까지 다녔나?"

"4학년 다니다가 돌아오고 말았지요……."

나는 여기까지 대답하고 다시금 가슴이 꿈틀하였다. 그렇지 않아도 중도에 그만둔 나의 신세가 갈수록 가슴이 쓰리

---

24) 강대(講臺): 성경 말씀이나 기도문 등을 낭독하기 위해 만들어진 것
25) 존장(尊丈): 자기 아버지와 벗으로 사귀는 사람을 높여 이르는 말

애루몽

도록 못 견디게 억울하던 중에, 지나간 일을 다시금 생각하지 아니치 못하게 육박하는[26] 안 선생님이 원망스러웠다.

"중학교 4학년이면 넉넉하겠는데!"

곁에 앉았던 직원이 말한다. 나는 그게 무슨 소리인가 하고 의심하였다. 처음 보는 사람을 보고 무엇이 넉넉하다 하는지 그가 말한 이유를 알 수가 없다. 그중 안 선생님이 다시 말을 돌린다.

"그런데 자네 지금 무엇 하나?"

"무엇 하는 게 있을 리가 있습니까? 이렇게 돌아다니는 놈이……."

"그래도 무슨 일이 있기에 돌아다니겠지. 공연히 돌아다니겠나?"

"네! 아무것도 하는 것이 없어요!"

"그런 게 아니라, 자네가 여기를 왔으니 말이지. 내가 언제부터 자네를 기다렸네!"

"저를 기다려요?"

"그래! 기다린 일이 있었네. 다른 게 아니라, 우리 박천교회에서 학교를 하나 설립하게 되었는데 어디 상당한 교원이 있나? 그래서 자네의 소식을 알려고 여러 곳으로 탐지해 보았으나 알 수가 있던가? 마침내 자네가 잘 왔네. 폐일언하고[27] 얼마 동안 여기서 일을 좀 보아주게.

26) 육박(肉薄)하다: 바싹 가까이 다가붙다.
27) 폐일언(蔽一言)하다: 이런저런 이야기할 것 없이 한 마디로 말하다.

"글쎄요!"

"글쎄가 아니라 자네가 그렇게 나가 돌아다녀야 별도리가 있겠나? 아니 할 말로 방탕한 세상에 물들기 쉽네!"

"그러나 제가 어디 자격이 있습니까?"

"자격이야 별것 있나. 그저 소학교 학생뿐인데 그것을 못 배워준다는[28] 말인가?"

"아니지요. 배워주기야 물론 배워줄 수가 있겠지마는 소학교의 아동들에게는 학과를 배워주는 것보다도 위대한 감화력이 필요합니다. 저와 같은 방랑아가 순결한 남의 어린 아이들을 지도한다는 것이야 말이 됩니까?"

"감화력의 유무야 말할 것 있나. 그것은 추후의 문제이지! 다만 자네가 학교 일을 보아주겠느냐 못 하겠느냐 하는 것부터 결정하고 이야기할 일이지."

안 선생님은 다시 돌아서지 못하게 맹렬히 역습한다.

"길게 말할 것 없네. 내가 자네를 그르게야 지도하겠나? 또 방금 장마가 임박하였는데 어디를 간대야 고생밖에 남을 게 없지. 여기 있다면야 무슨 안락을 누릴 바는 아니지마는 피차에 의지하고 지내기는 할 테니까."

나의 마음은 그만 가라앉고 말았다. 보험 가입자 모집 성적이 매우 불량하여 안심이 되지 않던 중에 정다운 안 선생님을 만나서 한 줄기 광명의 빛이 보이는 듯하였다. 나는 드디어 여러 직원들 앞에서 허락하였다. 학교의 일을 보기

---

[28] 가르쳐서 알게 해 주다.

로…….

이리하여 나는 박천에 몸을 붙이게 되었다.

14

약속한 대로 직원들은 학생을 모집하여 오고 나는 교사 노릇을 하게 되었다. 학생들은 칠팔 세 된 아이들부터 십사오세 된 아이들까지 대략 10여 명이었다. 그들은 선생님 앞에 글 배운다고 읽을 책들을 가지고 오는데 사략(史略), 통감, 무제시(無題詩), 천자문, 련규 같은 것들이었다. 나는 서당의 초학 훈장이 되었다.

생각한즉 어이가 없다. 중학교를 다녔으니 보통학교 교원 노릇을 할 것인데 긴 담뱃대 물고 술병 놓고 큰기침하면서 앉아 있는 훈장 노릇을 하게 되니 참말 나의 신세가 가련하게 되었다. 그러나 어찌하는 수 있으랴? 첫날은 그대로 가르칠 수밖에 없었다. 몇 날 후에 교회 직원들에게 의논하고 학부형회를 열었다. 그 부형회 석상에서 각 부형들에게 충분한 양해를 얻어 보통학교 과목을 가르치기로 승낙을 얻었다. 그래서 그 이튿날에는 평양 어느 책사에 주문하여 보통학교 각 연급[29]의 과목을 장만하여 아이들의 정도에 따

29) 연급(年級): 학생의 학력에 따라 학년별로 갈라놓은 등급

102

라 학급을 제정하고 시간에 따라 가르치게 되었다. 어떤 부형들은 시비를 하고 어떤 부형들은 노골적으로 욕설을 하건마는 도무지 못 들은 척하고 정성껏 가르쳤다. 그러니까 아이들도 차차 재미를 붙이고 또 주일날이면 교회의 부속으로 유년주일학교를 설립하고 이야기를 하여 주었더니 아이들은 주일마다 교회당에 가득가득 모였다.

이 모양으로 한 달, 두 달 세월이 갈수록 나의 신용도 상당히 높아지고 학교의 일도 매우 재미있고 차차 정돈이 되어 갔다. 그러노라니까 교회의 직원들 사이라든가 부인네에게까지 적지 않은 동정을 받게 되었다. 내가 스스로를 생각하여도 교사 노릇을 하게 된 것은 참으로 우습게 생각되었다. 마음이 들뜰 대로 들떠서 바람이야 구름이야 하고 동서사방으로 떠돌아다니던 판에 어찌 되어 속 타고 가슴 타는 이 노릇을 하고 견디는지 이상하였다.

그럭저럭 몇 날을 있게 되니까 또다시 멀리로 달아나고 싶은 마음이 하루에도 몇십 번씩이나 생기는지 알 수 없다. 어떤 일요일은 예배가 끝나고 신도들은 모두 돌아갔는데 홀로 교당에 남아 강대 앞에 기대어 정신없이 밖을 내다보고 있다가 너무도 울적한 생각에 그대로 강대 위에 쓰러지며 두 팔을 쭉 뻗고 기운 없이 기지개를 켜며 "아이고, 속 타는구나……" 하고 혼자 부르짖었다. 그때 나를 유심히 살피던 어떤 부인네 한 분이 있었다. 나는 누가 밖에 있는지 알았을 까닭이 없었다. 내가 유숙하는 집으로 가려고 나왔더니 그

부인이 나를 보고

"선생님은 요사이에 왜 그리 번민하십니까?"

하고 묻는다. 나는 무심중에 말하였다.

"세상이 도무지 귀하지 않구려……. 왜 그런지 낸들 압니까? 자연 마음이 그런 것을 어떻게 합니까?"

"물론 객지에서 고독하시니까 그러시기도 하시겠지마는 이제 머지않아서 선생님께서도 여기서 재미있는 가정을 일구실는지 알 수 있습니까?"

"네? 재미있는 가정이요? 내게도 그런 일이 있을까요? 내게는 그런 행복이 올 수도 없거니와 그런 일을 바라지도 않습니다."

"왜 그렇게 말씀하셔요? 재미없게!"

"아니올시다. 나는 이곳에 오래 있을 사람도 못되고 설혹 오래 있게 된다 해도 그런 구속받을 행복은 원치 않습니다."

"선생님은 그것을 구속이라고 생각하십니까?

"그것이 구속이 되지 않겠습니까?"

"어째서요?"

그는 살짝 얼굴을 붉히며 흐르는 웃음을 하얀 손수건으로 막으면서 몸을 비튼다.

"구속이니까 구속이지요. 내 마음대로 할 수가 없게 되니까 구속이지요!"

나는 길게 이야기하고 싶지 않았다. 귀하지 않은 세상에서 행복을 구하면 얼마나 구하며 또한 뒤숭숭한 정신이 허공에서 배회하는데 이러니저러니 남의 집 부인네와 더불어 변론하기도 싫었다.

"그만 다른 이야기나 합시다" 하고 말을 끊었다. 내가 그렇게 말하니 그도 역시 미안한 듯이 다시 한 번 소리 없이 웃음을 흘리고 이야기는 얼키설키 다른 길로 번져 들어간다.

15

나는 그날부터 더욱이 마음을 잡을 수가 없고 또다시 번민이 생기고 공상이 일어나기 시작하였다.

내가 박천을 왜 왔던고? 왔어도 이것을 왜 시작했던고? 이제라도 어디로 떠나고 말까? 밤은 밤으로 보내고 낮은 낮으로 지낸다. 나의 모든 의식은 점점 약해져 가고 주위에서는 더욱 적막을 느낄 뿐이요 비애를 말할 뿐이다. 이것은 내가 취할 길이 아니라는 생각이 강하게 들고 이곳은 내가 있을 곳이 아니라는 감정이 두터워 간다.

언제 하루라도 평안할 때가 없다. 아이들을 대하는 것도 취미가 아니요 직원들과 교제하는 것도 재미가 붙지 않는다. 어디에서나 편지 한 장 거래가 없으니 누구에게서 기다릴 것도 없고 내보낼 데도 없다.

이 모양으로 귀찮은 세월을 보내니 누가 그것을 알아주는 사람도 없거니와 누구에게 알리고자 하지 않았다. 오직 그 날그날을 먹고살 뿐이다.

얼마간 지난 뒤이다. 나의 행색을 살핀 안 선생님은 나를 위하여 또 교회와 학교를 위하여 근심이 생긴 모양이다. 모처럼 나를 붙잡고 전 책임을 지우고 있던 그가 나의 행동을 보고 아니 놀랄 수가 없을 것이다. 그는 어떤 방법으로 나의 마음을 가라앉히고 어느 방면으로 취미를 붙여 줄까 깊이 생각하고 연구하는 듯하였다. 그러나 아무리 하여도 이곳에 있기가 싫다고 하는 나의 눈치를 짐작한 안 선생님은 어지간히 번민하고 있는 모양이다. 어느 날 저녁에 안 선생님은 나의 의사를 물었다. 그래서 나는 얼마 안 있어서 먼 데로 달아나겠다고 노골적으로 이야기하였더니 안 선생님은 어떻게든 나를 붙잡고자 하였다. 그러나 나의 주장은 강경하였다. 아무리 이왕에 사제의 분의가 있다고 할지라도 내 생각은 내 생각이니까 어찌할 수가 없었다. 안 선생님은 다른 사람이 와서 학교 일을 볼 때까지만 있어 달라고 한다. 그러니까 그 주문에는 거절할 수가 없었다. 강권에 견디지 못하여 몇 달을 더 있게 되었다.

그동안에 나는 우연히 마음을 붙일 데가 있었다. 이야기를 줄여서 얼른 말하면 어떤 이성의 사랑을 구하게 된 것이었다.

가운데 일어나는 사랑의 물결은 자세히 설명할 필요가 없거니와 피차에 마음 맞는 어떤 여자와 더불어 가정을 이루었다. 그러니까 멀리 가려고 했던 생각도 어디로인가 사라지고 나는 여기서 영원히 향기로운 꿈에 취하려고 하였고 애인의 품에 안기려 하였다. 그러나 세상일은 마음대로 되지 않는다. 어디서 일진광풍이 밀려와서 홀연히 가정을 뒤덮고 사랑을 흔들고 행복을 파괴하였다.

나의 그림자는 다시 표랑의 길에 나서게 되었다.

16

K의 책상에는 어디서인지 편지 한 장이 와 있다. 사연은 무엇이 그리 굉장한지 봉투가 찢어질 듯이 팽팽한데 육전(六錢) 우표를 붙였다. 앞에는 "평양 ○○학교 김사호(金思鎬) 전"이라고 완연히 K의 성명이 쓰였고 뒤에는 "방랑의 길에서"라고만 쓰여 있다. K는 이상한 눈으로 그 편지를 집어 들고 '이게 누구에게서 온 편지인가? 누가 보냈을까?' 하고 한참이나 뒤적뒤적하다가 거침없이 그 봉투를 찢고 내용을 보게 되었다. 원고용지에 가득가득 쓰인 것이 한 삼십 장 겹쳤는데 한 시간이나 읽어야 끝이 날 지경이다.

K 형이여! 놀라지 마시오!

나는 편지를 보는 형님이 반드시 나의 운명을 위하여 눈물을 흘리실 줄 압니다. 그러면 나는 어찌하여 형님의 눈물을 기어이 짜내고야 만족할까 하는 것이 이상 문제일 것이외다. 그러나 나는 나의 운명, 나의 지금의 처지와 아울러 지나간 세월의 모든 사정을 형님밖에는 드릴 곳이 없다고 합니다. 그리고 형님도 이 아우를 위하여 한 줄기 눈물을 흘려주실 수가 있는 줄 압니다. 그러니까 동생은 모든 사정을 하나도 빠짐없이 형님에게 올리려고 합니다.

형님!

동생이 박천에 있을 때에 언제인가 부친 편지는 보았을 터이지요. 그때에 동생의 사정을 대강 말한 일이 있기는 하외다. 그런데 동생은 그때에 박천에서 가정을 일구고 살다가 그 여자의 재산으로 집도 하나 장만하고 또 어찌어찌 되어 어떤 자본주를 만나서 포목상30)을 경영한 일도 있었습니다. 그동안에 물론 학교는 그만두고 그곳에서 자리 잡고 있었습니다. 영업은 물론 좋은 성적을 거두었습니다. 그렇지마는 동생은 본래부터 장사에 경험이 없던 자외다. 무엇을 어떻게 하여야 이익이 날는지 손해가 안 날는지 도무지 알수가 없었습니다. 그럭저럭 한 이태 동안 계속하니까 그만

30) 포목상(布木商): 베나 무명 따위의 옷감을 파는 장사

경영하던 상업은 여지없이 실패했습니다.

　채권자들은 아귀들같이 졸라 대고 외상은 한 푼도 들어오지 아니하고 하는 수 없이 지독한 채권자에게 가차압을 당하고 결국 집행을 받게 되었습니다.

　형님이여, 어찌합니까? 자격 없는 장사를 하다가 실패를 당해 놓으니 첫째는 나의 아내를 무슨 낯으로 대하며 그의 동리 사람인들 무슨 면목으로 대하겠습니까? 외로운 자취가 정처 없이 밀려다니다가 그곳에서 하늘이 지시하여 처음으로 뜨거운 힘이 넘치는 사랑에 마음껏 취하였다가 그 사랑하는 사람에게 미안한 일을 끼쳐 놓았으니 이를 어찌합니까? 나의 아내로 말할 것 같으면 나와 같이 아주 외로운 사람이외다. 부모도 일찍 돌아가시고 형제도 없는 외로운 몸으로 숙 댁[31]에 의지하여 살다가 과년이 되니 그의 숙 댁에서 어디로 출가를 시켰더니 운명의 신은 그로 하여금 어디까지든지 괴롭게 하노라고 출가한 지 얼마 안 되어 그만 그의 남편이 세상을 떠나 버렸습니다. 그래서 그는 5~6년 동안 홀아씨의 살림을 하다가 그만 신수가 불길한지 팔자가 기구한지 동생과 같은 아주 못난 놈을 만나서 다시 이와 같은 고통을 당하게 되었습니다. 아! 형님이여, 어찌합니까! 나는 또다시 박천을 떠나지 아니치 못하게 되었습니다.

　그러나 또 한 가지 걱정은 이것이외다. 사내자식이 무슨 사업에 실패를 당하였다고 사랑하는 사람을 박차 버리고 정

31) 숙부의 집

처 없이 떠나자니 그런 못난 짓이 어디 있습니까? 그러나 또 한번 돌이켜 생각한즉 차라리 이곳을 떠나 멀리 가서 다른 무슨 사업을 경영하여 무엇이나 성공하기를 바라는 마음이 생깁니다. 그래서 나는 아내의 마음을 저울질해 보려고 한 번은 이런 말을 한 일이 있었습니다.

"여보시오. 나는 이제 당신의 은혜를 배반하고 멀리로 가야되겠소. 당신은 나를 은혜 모르는 놈이라고 하겠지마는 실상은 그런 것도 아니지요. 내가 본래 무능한 자이니까 여기 있어야 당신을 더욱 괴롭게 할 뿐이지 무슨 행복스런 일을 만들지 못하겠구려! 자, 어찌하면 좋겠소? 나는 내일이라도 갈 테니까 당신은 여기서 어떠한 방법으로든지 행복할 일만 구하시구려. 당신의 몸이 평안한 때가 온다고 하면 나는 그것만으로 다행으로 여깁니다."

"글쎄요. 가시면 어디로 가실 터이요?"

"모르지요. 누가 오라는 데는 없으니까 가 보아야 알지요."

"가시면 언제쯤이나 오셔요?"

"그 역시 알 수 없지요. 언제든지 성공하기 전에는 아니 올 터이니까. 아니 오는 게 아니라 못 올 터이니까……."

"그러면 그새에 나는 어떻게 살아갑니까?"

"그것은 물론 내 책임이지요. 그렇지마는 내가 그 책임을 이행할 수가 없으니까 가겠다는 말이지요."

그러니까 나의 아내는 눈물을 주르르 흘리면서 나에게 가까이 달려들더니 뜨거운 키스를 주면서

"여보시오. 어찌하면 좋습니까. 나는 잠시라도 당신을 떠나서는 살 수가 없는데요……."

나는 흐르는 눈물을 억지로 참으며 목멘 목소리로

"왜요! 당신은 당신의 몸을 살릴 수가 있지요. 나는 나를 위하여 살 수가 있고……."

두 사람은 한참이나 말이 없었소이다.

"여보시오. 당신이…… 당신이…… 떠나신다면 나는…… 아, 아, 나는……."

나의 아내는 다시 얼굴빛을 고치고

"그런데 지금 무엇이라고 말씀하였어요? 네? 너는 너대로 살아라! 나는 나 갈 대로 갈 터이니까? 좀 생각해 보세요……. 오! 오! 여보시오. 당신의 마음도 다……."

말끝을 울음으로 마치고 나의 가슴에 머리를 파묻고 아무 말이 없는데 오직 두 어깨가 요란히 오르내리고 흐느끼는 소리와 함께 뜨거운 눈물이 나의 옷깃을 적실 뿐이외다.

나는 눈물도 한숨도 아무것도 나지 아니하고 오직 무의식적으로 아내의 모양을 정신없이 내려다볼 뿐이었습니다. 핏줄기가 식어 가는 것 같고 심장 뛰는 소리가 그친 듯하더이다.

형이여, 이번에는 매우 어려운 일을 당합니다. 나는 구속되는 일을 모르던 몸이었습니다. 언제든지 떠나려면 마음대로 떠나고 누가 붙잡는 이도 없었고 어느 곳에도 켕기는 데가 없었습니다. 혹 구속이 있다고 하면 여비로 인하여 얼마쯤 애타는 시절도 없지 않았습니다마는 이번에는 참으로 강적을 만났습니다. 그 사랑의 강한 줄이야말로 나의 온몸을 억세게도 결박합니다. 아, 어찌합니까? 약한 몸이 강한 사랑 앞에는 항복을 하고야 맙니다. 그러나 형님, 아직까지도 나의 몸은 그 사랑의 줄에서 벗어나려고 애씁니다. 그러나 애를 쓰면 쓰는 만치 더욱 강하게 얽힙니다. 장차 그 싸움이 어찌 되겠습니까? 나는 어디까지나 완강히 저항하려 합니다. 기어이 이곳을 떠나려고 하니 아내는 눈물이 어린 얼굴을 들어 강경한 태도로 나를 쳐다보며

"여보시오…… 당신이…… 당신이 가실 것 같으면…… 나는 아무래도 혼자는 살 수가 없어요."

"그러면 같이 살아 줄 누가 있어야 되겠다는 말이지요?"

"글쎄요. 당초에 내가 부부의 정의도 몰랐고 가정의 취미도 모르던 것이 어찌 되어 당신이 여기 온 다음부터 비로소 세상의 재미란 것을 당신에게 붙이고 살아오다가 이렇게……."

형님이여, 이 말에 이르러 내가 무엇이라고 대답하리까? 오직 눈물이 흐를 뿐이외다.

"세상에 재미를 내게 맡기고 살다가 오늘날……."

두 사람은 또다시 얼싸안고 울음이 터져 나왔나이다. 참으로 이번 작별은 매우 어려웠습니다. 어떤 의미로 가치 있는 작별인가 합니다. 그러나 이 가치 있는 작별이, 그 굳센 힘, 뜨거운 사랑이 약한 몸을 몹시 괴롭게 합니다.

형이여, 그 떨어지기 어려운 사실이 맹렬한 사회의 배척을 대적하지 못하고 마침내 두 사람 사이의 강한 줄을 끊어 버려 나로 하여금 박천을 떠나게 하고야 맙니다.

———————————

10여 일 후에 나의 그림자는 경성 어떤 여관에 나타났나이다. 당초에 박천을 떠날 때에는 아무에게도 알리지 아니하고 어떤 날 아침에 표연히 떠나 평양을 거쳐 경성으로 올라갔었습니다.

경성에 머문 지 며칠 후에 나는 나의 종적만이라도 알리고자 하여 아내에게 간단한 사연으로 안부를 물었으며 나의 주소를 통지하였나이다. 아내도 나의 소식을 알고는 매우 반가워하며 객지에 무양[32]함을 축수하는 편지가 몇 번 왕복하였나이다.

나는 서울에서 무엇이든 경영하여 보려고 애를 썼으나 쌀쌀한 서울의 품이 따뜻치 못하여 나를 안아 주지 아니합니다. 그래서 어떤 새로이 사귄 친구의 소개를 얻어 충청도 어느 금광으로 내려갔나이다. 거기서 그럭저럭 한 해 여름을 지내노라니 그리운 아내의 생각이 날이 갈수록 맹렬히 일어납니다. 그런데 그 금광은 자본주와 광주(鑛主)[33] 사이에

32) 무양(無恙): 평안 무사함.
33) 광산의 주인

무슨 충돌이 생겨 그만 폐광이 되고 말았습니다.

그때인즉 동생이 집을 떠난 지가 다섯 달이 되던 음력 팔월대보름께나 되었습니다. 당초에 박천을 떠날 때에는 언제든 성공하기 전에는 돌아가지 않을 결심이었으나 금광이 폐지되고 자본주는 중병에 걸려 날을 다투어 위험하여 갔습니다. 그러니까 어찌합니까. 그 자본주는 쾌복될 때까지 같이 지내보고자 하건마는 나는 아무래도 아내가 그립고 또 고향까지 다녀올 생각으로 두 주일 동안을 기약하고 충청도 금광을 떠났습니다.

동생은 천안 정거장에서 기차를 타고 바로 경의선 맹중리(孟中理)역에 내렸나이다. 반가울 생각과 기뻐할 생각에 전후를 헤아릴 여부가 없이 즉시로 인력거에 올라서 박천 읍내로 향하였소이다.

형이어, 그런데 한 가지 곤란한 일이 있었습니다. 내가 박천을 떠난 뒤에 나의 사랑하는 아내는 어디로인지 이사를 하였는데 그 새로 간 집을 알 수가 없던 것입니다. 나는 박천 읍내에 있는 친히 사귄 어떤 친구의 집을 찾아갔나이다.

나의 친구 김영식 군은 나를 보더니 매우 반가워하면서 자기 방으로 맞아들입니다. 얼른 인사를 마친 뒤에 나는 나의 집이 어디인지 인도하여 달라고 했습니다. 김 군은 이상한 웃음을 띠면서

"그다지 급한가? 좌우간 나하고 조반이나 같이 먹고 가세 그려!"

"조반이야 오래간만에 왔으니 우리 집에 가서 먹지."

"이 사람, 몹시 급하네그려. 차차 가지!"

형이여, 그 말에 나는 가슴이 뜨끔하였나이다. 김 군의 말을 아무리 생각하여도 해석하기가 곤란하였나이다. 오래간만에 만나니까 반가워하는 이야기인지 혹은 다른 무슨 의미가 있는지 두서를 차리지 못하였습니다.

"대관절 우리 집에서 그동안 어찌 되었나? 별일들은 없겠지?"

김 군은 한참이나 이상한 눈으로 나를 쳐다보더니

"그동안 무슨 소식 못 들었나?"

"소식이라니 무슨……."

"그런 게 아니라…… 몇 날 전에 촌으로 이사를 갔는데…… 가만있게. 천천히 밥이나 같이 먹고 이야기하세. 그래 객고에 얼마나 시달렸나?"

김 군의 말이 점점 이상하게 들립니다.

"어디로 이사를 갔나? 언제?"

"그런데 여보게, 자네가 박천을 왜 들어왔나? 오늘 저녁으로 어서 떠나게. 남들이 알기 전에……."

형이여, 그제야 비로소 사건의 단서를 짐작하였나이다. 의심 없이 나의 가정은 풍파가 일어난 모양이외다. 아니 나의 아내는 나를 버리고 다른 남자의 품으로 안긴 모양이외다. 나의 얼굴은 차차 벌겋게 되고 가슴은 방망이질을 하기 시작합니다.

나는 총총히 김 군과 작별하고 교회의 어느 직원의 집을 찾아가서 사실의 내용을 자세히 듣고자 하였나이다. 그 댁의 부인은 나를 반기더니 인사도 하기 전에 부엌으로 가서 조반을 차려다 줍니다. 모처럼 차려다 주는 밥이니까 아니 먹는다는 수도 없이 그냥 밥상을 받고 앉았습니다. 물을 조금 마시고는 그 사정을 묻기도 전에 그 집 아랫목에 그대로 드러누웠습니다. 그날이 마침 일요일인데 집안 식구들은 모두 예배당에 가고 나만 홀로 누워 있었습니다. 조금 있더니 대문 열리는 소리가 나고 신발 소리가 찰낙찰낙 들리더니 방문을 고요히 열고 누가 나의 방으로 들어섭니다. 지향할 수 없는 생각이 공중에서 배회하고 있는데 방금 들어온 사람은 가만히 나의 곁에 와서 앉더니 나를 흔들어 깨웁니다. 무심히 눈을 떠보니 아, 형이여. 나의 사랑하는 아내가 들어왔나이다. 나는 그를 대할 때에 형언할 수 없는 무슨 감정이 북받쳐 올라오면서 그를 바로 볼 기운이 없었습니다.

　"네가 무슨 낯으로 나를 찾아왔니?"

　나는 소리를 쳤습니다.

　"제가 다 잘못했으니 용서해 주세요!"

　"이년아, 용서가 무엇이냐! 너 같은 더러운 계집은 보기도 싫다. 어서 가……."

　그는 홀연히 눈물을 흘립니다.

　"나는…… 당신이 다시 여기를 오실 줄은 몰랐습니다."

　"응! 몰랐다? 내가 여기를 다시 올 줄은 몰랐어? 그렇지,

네가 이렇게 할 줄 알았더라면 내가 누구를 보려고 온단 말이냐…….”

그는 나에게 정신없이 엎드리면서 걷잡을 새 없이 울음을 터뜨립니다.

“여보시오! 당신과 나는 아마 전생에 무슨 원수가 있었던 모양이구려. 당신이 만일 어디서든지 정답게 편지 한 번이라도 했던들 이렇게까지야 일이 되었겠습니까?”

“글쎄, 아무것도 다 귀찮아! 나는 너에 대해서 아무 말도 아니할 터이니까 제발 내 눈앞에 보이지만 말아다오……. 당당하게 살아 있는 남편을 두고 딴 서방을 얻어 가는 뻔뻔한 년! 대담스런 계집이 무엇이 어떻다고 나 같은 돈 없는 놈 보고 울기는 왜 우느냔 말이냐, 응…… 애…… 말 들어. 사람이란 것은 돈으로만 사는 것이 아니야. 내가 아무리 못난 놈인들 구만 리 같은 앞길에 어느 날에 어찌 될는지 알 수가 없어! 내가 네 집을 떠날 때에 네가 한 말이 있지! 당신이 떠나면 나 혼자 살 수가 없다고. 오, 그러니까 너는 그때부터 딴생각이 있었구나. 그런 것을 나는…… 이 못생긴 놈은 그래도 너를 계집이라고 어디 가든지 잊지 못하고 돌아다니다가 이렇게 찾아와서 얼굴에 개가죽을 쓰는구나. 길게 말할 필요가 없다. 나는 돈이 없으니까. 박천에서 살 자격이 없다. 그러니까 네 발길에 채여서 나는 다시 이곳을 떠나야 되겠다. 내가 누구를 원망할 까닭도 없고 너를 그르다고 하기도 싫다. 모든 것이 내 잘못이니까…….”

나는 다시 눈을 감고 누웠나이다. 그는 다시 나를 붙들고

"여보시오. 내 말 한마디만 꼭 들어 주세요!"

"말이 무슨 말이야, 듣기 싫어!"

그는 다시 말을 잇지 못하고 느끼어 웁니다.

"왜 이래? 무엇이 슬퍼서 울어? 네 눈에 눈물이 왜 있느냐 말이야! 여러 말 말고 지금 데리고 사는 놈이나 또 속이지 말고 잘 살아라. 네 장래를 위하여……."

그러자 누가 찾아오는 사람이 있었습니다. 그는 무안한 듯이 얼른 일어나서 나갑니다. 친구들이 찾아와서 나를 위로합니다.

"이번 일에 대해서는 참말 매우 미안하구려. 그러나 그것이 다 세상의 풍파이니까 어쩐 수가 있소. 그저 다 참고 지내야지……."

"여보시오. 참느니 어떠니 다 — 말 말아 주시오. 나를 위로한다는 것이 오히려 고통이니까. 나를 친구로 알거든 이 일에 대해서는 일절 말을 하지 마시오. 나는 오늘 저녁으로 떠나고 말 터이니까……."

형이여! 그때에 나의 가슴이 얼마나 아팠겠습니까? 그것은 형님이 알아주실 터이지요. 형님! 형님! 나는 이제부터 다시 희망이 없는 놈이외다. 세상에 믿을 곳이 없습니다. 나를 사랑하는 계집이 버리고 박차는 세상에서 다시 누구를 믿습니까?

아, 형님이여! 길게 말씀드리고 싶지 아니합니다. 아픈 가

습을 부둥켜 잡고 박천을 떠났습니다. 컴컴한 밤길, 고요한 들, 간신히 우거진 쇠한 버들 사이로 나의 그림자는 다시 사라졌나이다.

나는 다시 언제든지 형님을 찾을 때가 있겠습니다. 평양의 소식은 어떠합니까? 천년 강산에 새로운 소식을 듣고 싶습니다. 그리운 형님의 얼굴도 뵙고자 합니다. 형이여! 이 어린 동생의 장래를 위하여 많이 애써 주십시오. 후일에 평양에 이르러 형님의 소식을 물을 때에! 형님, 몰라보지 마십시오. 다시금 동생을 위하여 행복의 길을 열어 주소서.

외로운 길에서 떠돌아다니는 동생은······.

사랑하는 K 형에게

-1930년

윤심덕 일대기

윤심덕 일대기

인생은 즐거운 것이다. 더구나 젊은 인생! 붉은 피 뛰는 청춘의 시절! 영혼에 가득히 강렬한 향을 사르고 육신은 알지 못하는 다디단 이상한 즐거움에 뛰어 한없는 환희에 헤엄치건만 우리는 한 큰 공동의 결함을 깨닫지 못한다. 삶이란 영겁의 공동이며 허무인 것을 느끼지 못한다. 진리 없는 생이요, 광휘 없는 생이요, 다만 이 끝없이 쓸쓸한 영원의 꿈에 그치는 인생이다.

마음대로 되지 않는 것은 이 세상일이요 야속한 것은 이 세상의 인정이다. 하루라도 일찍이 박절한 이 세상을 잊어버리는 것이 나을 것이다. 인생이란 무엇이냐? 녹슨 영혼의 찬가를 부르는 퇴폐의 제단에 나아가 닫힌 행복의 문을 열어 달라는 불쌍한 것이 인생이다. 이곳에 무슨 진리가 있으며 무슨 광휘가 있으랴? 이것만을 인생이라 하면, 이것을 자꾸 또다시 뒤집어 놓은 긴 역사가 인생의 생명을 단장시킨 빛이라 하면 그것이 무엇이랴? 그것이 참삶에 무슨 효능이 있으랴? 가도 가도 아무 참 빛이 없고 참 울음이 없다 하면 생이란, 우리가 요구하는 숭엄한 생이란 다만 빛 없고 소리 없는 죽음의 나라에 동경을 꿈꾸는 영원한 안식의 꿈이 될 뿐이었다. 몸에는 자랑의 화환이 걸쳐져 있고 영광에 찬탄(讚歎)[1]이 떠남이 없으며 선망의 초점이 되어 영혼에 가득한 향을 사르고 육신이 알지 못하는 달콤하고 이상한 즐거움이 있다고 하지마는 생이란 허무인 것을 느끼지 않을 수 없겠다.

무정한 이 세상을 원망하고 박절한 그 사정을 하소연할 곳이 없어서 최후의 결심으로 세상을 저주하는 청춘 남녀가 사람의 자취가 끊어진 때에 전등불을 등지고서 어두운 그림자를 한 걸음, 두 걸음 밟으면서 죽음의 관문인 대마도 앞 현해탄을 항해하는 덕수환(德壽丸)[2] 갑판 위 난간 앞에 당도할 때는 대정 15년[3] 8월 4일 오전 4시경이다. 만뢰(萬籟)[4]는 죽은 듯이 고요한데 오직 창공에는 뭇별들이 살았다는 듯이 눈을 깜박이고 있을 뿐이고, 전깃불에 비친 푸른 물결이 석주에 부딪쳐 굽이를 치면서 우수수한 소리를 내며 한바탕 거품을 토하고 사라질 때에는 죽음의 길을 재촉

1) 칭찬하며 감탄함.
2) 관부연락선 '도쿠주마루'의 한자식 이름
3) 1926년
4) 자연 속에서 나는 모든 소리

• 덕수환

하는 것 같아 그들은 마음을 졸였다. 바다 위로 조차 불어 오는 바람은 얼굴에 다닥친다. 때때로 사공들의 처량한 소리는 더더욱 그들의 가슴을 산란케 한다. 그들은 갑판 위에 다다르자 현해탄을 내려다보고 난간에 의지하여 수건을 얼굴에 대고 소리 없이 눈물을 비 오듯 흘린다. 그들은 무거운 머리를 들어 달을 바라보고 전후 일을 생각하니 금창[5]이 메일 뿐이다.

"아! 모두가 꿈이로다" 하는 최후의 한마디를 남기고 몸은 벌써 난간을 넘어 바람을 쫓아 나무 잎새와 같이 바닷속에 던지려 할 때에 물결은 잔잔하여 애원을 전하며 월색은 몽롱하여 슬픔을 머금었다. 만경창파의 푸른 물결이 바람을 따라 넘노는 현해탄의 창해에 일속(一粟)[6] 같은 외로운 두 몸을 함께 던져 어복[7]에게 장사 지내고 말았다. 죽음으로 바꿀 수밖에 없는 그들의 사정은 무엇이며 그 청년 남녀는 누구인가?

밤 지난 해당[8]의 붉은 화판[9]이 아침 이슬에 젖은 듯한 홍장밋빛 작은 입술로 옥반에 구르는 구슬소리와 같이 곱고도 청아한 멜로디를 울려 반도 성악계의 한없는 총애를 한 몸에 받고 있는 한편 또한 총애를 받는 만큼 세상 사람의 이야

5) 금창(金瘡): 칼이나 창·화살 따위 쇠끝에 다친 상처, 또는 그 상처가 덧나서 헌 데
6) 한 알의 좁쌀. 극히 작은 것을 비유하는 말
7) 어복(魚腹): 물고기의 배
8) 해당(海棠): 장미과의 낙엽 활엽 관목. 5~8월에 붉은 자주색 꽃이 가지 끝에 핀다. 해당화
9) 화판(花瓣): 꽃을 이루고 있는 낱낱의 조각 잎. 꽃잎

기에 초점이 되던 윤심덕 양이, 지난 3일 오후 11시에 하관
10)을 떠나 부산으로 향하는 관부연락선 덕수환이 4일 오전
4시경 대마도 옆을 지날 때쯤 청년 문사 김우진과 서로 껴
안고 갑판 위에서 돌연히 바다에 몸을 던져 정사하였다. 이
때 마침 순시하던 급사가 일등선실 3호실의 방문이 열려 있
는 것을 보고 수상히 여겨 '선객이 선판 위로 산보를 나갔는
가?' 하고 우선 선실에 들어가 보니 뜻밖에도 가방 위에는
「뽀-이에게」라는 편지가 놓여 있어서 즉시 겉봉을 뜯고 내
용을 보니 "대단히 미안하나 이 유언서를 본적지에 부쳐 주
시오" 하는 편지와 사례를 뜻하는 5원 지폐 한 장과 원적지
로 가는 유서 한 장이 나타났다.

그때 선원들이 소동을 일으켜 선객명부를 조사해 본 결
과, 남자는 조선 목포부 북교동 김수산(金水山), 여자는 경
성 서대문정 윤수선(尹水仙)이라 하였으나 그것은 본명이
아니고 남자는 김우진, 여자는 윤심덕이었다. 남겨 놓은 물
건으로는 여자의 지갑에 현금 140원과 기타 장식품 등이 있
고 남자 것으로는 현금 20원과 금시계가 있을 뿐인데 그들
은 투신할 때에 두 사람이 마주 안고 바다로 떨어져 버린 것
이다. 정사한 원인에 대해서는 뒤로 미루고, 윤심덕은 지난
7월 16일에 아우 되는 윤성덕(尹聖悳)이가 피아노를 연구
하기 위하여 미국에 유학 가는 것을 횡빈11)까지 전송을 갔

10) 하관(下關): 일본 시모노세키의 한자식 이름
11) 횡빈(橫濱): 일본 요코하마의 한자식 이름

◇사진설명
현해에 몸을 던저 서
정사를 한 윤심덕양
짜커다릇고 윤양
파합에정사를 한수산김우진씨

• 윤심덕과 김우진
• 윤심덕

던 것이며 김우진은 윤심덕이 횡빈에 간 지 나흘 되던 날에 그를 쫓아갔다가 만난 후 두 사람이 함께 귀국하던 것이라는데 조선 사람의 연락선 정사는 이번이 처음이라고 한다. 그들이 정사하기까지 지나온 역사는 과연 어떠하였던가? 이것이 세상 사람들이 궁금하게 여기는 문제이다.

윤심덕 양은 본래 평양에서 나고 자랐으며 평양숭의여학교를 졸업하고 또한 평양여자고등보통학교 사범과를 마치고 강원도 어느 보통학교의 교원으로 봉직하였다. 그 후 총독부 관비유학생으로 일본에 건너가서 동경음악학교에서 수업한 후 1년 동안 더 성악에 관한 연구를 하고 5년 전에 귀국하여 자기 집안이 모두 서울로 올라왔다. 윤심덕은 그 당시 악단의 명성으로 조선의 악계를 풍비하다가 일시 세상에 염문을 전한 후로는 악단에서 자취를 감추고 작년 겨울에 다시 극단으로 방향을 전환하여 토월회(土月會)[12]의 여배우가 되었다. 그 후 토월회에서 탈퇴하고 시내 수은동(授恩洞)[13] 오전사진관(奧田寫眞館)[14] 뒷방을 얻어 가지고 밥을 사 먹으며 라디오 방송과 레코드에 노래 불러 넣는 것을 직업으로 삼고 있었다.

김우진은 목포에서 백만장자의 맏아들로 태어나 연전에 동경 조도전대학(早稻田大學)[15] 문학과 본과를 마쳤다. 그

12) 1923년 일본 유학생들이 도쿄에서 조직한 신극운동단체
13) 서울시 종로구 묘동의 1936년 이전 명칭
14) 오쿠다사진관의 한자식 이름
15) 일본 와세다대학의 한자식 이름

는 극에 관한 연구와 조예가 깊은 청년으로 연전에 일본에서 역시 정사를 한 유도무랑(有島武郎)16) 씨를 몹시 숭배하고 있었다. 그는 항상 자기 집에 돈이 너무 많아서 그 호화로운 생활을 오히려 끝없는 고통으로 생각하고 있다가 마침내 그 고통을 참지 못하여 얼마 전에 무단히 집을 하직하고 나와서는 경성에 잠깐 들렀다가 그달 9일에 동경으로 건너가 있던 것이라 한다.

그러면 윤심덕 양과 김우진이 정사를 하게 되기까지 그 경로와 종래의 관계는 어떠하였던가. 윤심덕은 동경에서 음악을 배우는 한편으로 또한 극에 대한 깊은 취미를 가지고 있었고, 김우진은 동경 조도전대학 문과에서 배우며 역시 극을 많이 연구하여 두 사람은 예술에 대해 서로 공명하며 사랑의 싹을 틔우기 시작하였다. 지금으로부터 약 7~8년 전 동경 유학생 동우회(同友會)에서 극단을 조직하여 조선 각지를 순회하며 공연하던 때 심덕과 우진도 그 단에 참가하여 각처를 함께 순회한 일도 있었다. 윤심덕이 동경에서 나온 뒤에는 서로 만나 볼 기회가 드물어져 두 사람은 서로 보지 못해 애타는 가슴을 부둥켜안고 상사(相思)17)의 한숨을 지은 적이 한두 번이 아니었다.

그동안에도 서로 서신을 주고받으며 종종 만나기도 하였

---

16) 아리시마 다케오(1878~1923): 일본의 소설가. 1923년 『부인공론(婦人公論)』의 기자이자 유부녀인 하타노 아키코(波多野秋子)와 동반 자살했다.
17) 서로 생각하고 그리워함.

으나 지난 6월 10일 바로 인산전란[18]쯤 하여 김우진이 적지 아니한 돈을 가지고 서울에 올라와서 윤심덕이 하숙하고 있는 수은동 집에서 간간이 만나는 일이 있었다. 지난 7월 초순경에 윤심덕은 김우진에게 먼저 동경에 가 있으라고 하였고, 그는 먼저 떠나 동경시지구(東京市芝區) 어떤 하숙에 머물면서 서로 서신 왕복도 종종 하였다. 그 후 윤심덕도 동생 윤성덕 양이 미국 가는 것을 전송할 겸하여 일본으로 가서 재작 3일 횡빈에서 윤성덕이 떠나는 것을 보고 돌아 나오다가 그와 같이 정사를 한 듯한데, 김우진은 최근에 극도로 번민을 하고 있었다 하며 윤심덕도 역시 겉으로는 쾌활한 듯하면서도 내심으로는 무한한 번민을 하고 있었던 것이라한다.

　　호남의 대도회 목포항구 북쪽으로 엄연히 솟은 산모퉁이 옆에는 목포의 성과도 같은, 진연을 떠난 선인의 누각과도 같은 백여 칸 기와집이 한적히 서 있으며 크나큰 대문을 들어서면 각색 화초가 우거진 곳에 액자로 성취원(成趣園)이란 현판이 붙었으니 이곳은 예전 무안 감리로 일세의 세도와 목포 제일 부호이자 양반으로 이름을 날리는 김 씨의 집이다. 십여 세 어린 나이에 노련한 필치로 성취원이란 간판을 쓴 사람이야말로 기억도 새롭다. 그는 김 씨의 맏아들로 현해탄 물결에 들어가 영원히 돌아오지 못하는 수산 김우진

---

18) 인산(因山)은 왕실의 장례를 뜻하며, 1926년 6월 10일 순종의 장례식이 있었다. 인산전란은 이날 순종의 장례를 계기로 벌어진 6·10 만세 운동을 가리키는 듯하다.

• 아리시마 다케오

이었다.

　김우진은 천성이 영리하고 침착한 사람으로서 길을 걷되 곁눈질을 아니 할 사람이요 구멍을 찾되 그 끝나는 데까지 갈 사람이다. 일찍이 동양윤리의 화신과 같은 양반 집안에서 전통적 교육과 전형적 감화만을 받으며 호화롭게 살아왔으나 누르려 해도 누르지 못하는 개성의 발아한 싹은, 전통과 전형의 인습에 젖지 아니하고 함부로 썩고자 하는 윤리의 유린을 당하지 아니하였으며, 그로 하여금 가정의 반역이 되게 하였고, 이 세상의 이단자가 되고 말게 하였다. 그리하여 그는 자유를 찾고 예술을 찾고 신도덕의 수립을 강렬히 부르짖은 것이었다.

　집안이 누거만19)의 부호요 매일 접하는 것이 불쌍하고도 불행한 소작인들이었으니 정의와 인도가 끓는 김우진의 입에서 소작운동의 필요성을 누구보다 더 부르짖은 것은 당연한 일일 것이다. 또한 매일 당하고 매일 보는 것이 동양윤리의 무비판적 인용이고, 이어서 가정에 미치는 바는 무자각한 압박이었으니 남보다 한층 더한 반감과 또한 이에 대한 반역이 강렬하였을 것이다. 따라서 자유와 정의를 기초로 한 새로운 윤리를 세우자는 생각을 다른 사람보다 더 절실히 느꼈을 것이었다.

　그러나 한편에서 이러할수록 다른 한편에서의 압박은 점

---

19) 누거만(累巨萬): 거만의 여러 곱절이라는 뜻으로 매우 많음 또는 매우 많은 액수를 강조하여 나타내는 말

점 더해 가는 것이니 현대예술가의 요구와 비판, 감정은 결코 동양윤리에서 용인되지 못하는 바이며, 조화되지 못하는 바이다. 따라서 가정의 반역자가 되었으며 어려서부터 받던 압박의 창상(創傷)20)은 그로 하여금 완전한 반역이 되지 못하여 조화하려 하되 조화되지 못하고 반역하려 하되 반역하지 못하는 현대인의 가장 쓰린 오뇌(懊惱)21)와 번민이 이곳에 머리를 들게 된 것이다. 이렇게 되어 그의 성격은 한 꺼풀, 두 꺼풀 험하여 가고 예민하여 가서 참지 못할 발작과 울고자 하되 울지 못하는 가슴에 답답함이 생기는 것이니 그가 일찍 동경에서 공부할 때에 앞으로는 크나큰 포부와 기대를 가지고 일심으로써 서적 연구에 만사를 잊어버리다가도 유시호(有時乎)22) 쌓이고 쌓였던 우울한 감정과 가슴의 상처가 움직여 아플 때에는 오래 막혀 있던 소나기가 쏟아지는 것과 같이 한바탕 현대인의 가장 비통한 발로(發露)23)가 일어나는 것이다.

현대인의 청춘! 반역하려 하되 뜻같이 못 되는 선구자의 청춘들이 싸우고 싸우고 또 싸우다가 기진맥진하여 몹시 흥분되었을 때에 자기의 이상과 감정을 포용하여 줄 만한 한 줄기 따뜻한 활로를 만난다 하면 그곳에 일어나는 불꽃은 우리가 상상치 못할 큰 결과를 맞는 것이다. 그러니 냉정하

20) 칼날 등에 다친 상처
21) 뉘우쳐 한탄하고 번뇌함.
22) 어떤 때에는
23) 숨은 것이 겉으로 드러나거나 숨은 것을 겉으로 드러냄.

고도 침착하고 그리고 연구성 많은 김우진에게도 가정과 사회에서 반역하고자 하다가 조화가 안 되어 번민하는 그 오묘한 동기로 사랑의 백금선(白金線)24)에 부딪칠 때에 그곳에 일종의 기적과도 같은 현상이 나타나게 된 것은 현대인으로서는 이상할 것이 아니었다. 그러나 우리가 사람으로서의 김우진과 문학자나 예술가로서의 김우진을 통찰할 때에 그의 돌발적인 죽음과 남겨 놓은 사업을 의심치 않을 수 없다. 김우진이 동경 조도전 영문과에 학적을 두고 있을 때 가장 숭배하고 가장 깊이 연구한 것은 스웨덴의 극작가로 유명한 스트린드멀희25) 씨였으니 그를 아는 이는 그의 사상과 인생관을 잘 알겠거니와 특별히 여자에게 있는 비열한 천성을 유감없이 표현한 사람이다. 따라서 김우진도 여성의 심리와 공통적 성격을 많이 연구하였던 것이다.

그뿐만 아니다. 김우진은 동경에 있는 극예술연구자와 손을 같이 잡고 극예술연구회(劇藝術研究會)를 조직하여 장래 조선의 극계를 위하여 많은 포부와 이상을 가졌었고 더구나 그 연구회 중에 가장 중진이었을 뿐 아니라 가장 촉망이 컸던 것이다. 조선에 들어와서도 가정의 압박을 피하고 엄부26)의 눈을 피해 경성에 와서는 그가 만나는 동지들마

---

24) 최적의 조건에서 기른 미생물을 한곳에 모아 새 배양액으로 옮기는 데 쓰는, 직선으로 된 니크롬선
25) 스웨덴의 표현주의 극작가 요한 아우구스트 스트린드베리(Johan August Strindberg)를 말한다. 또한 원문에는 스웨덴이 아니라 "오스토리아"의 극작가로 잘못 표기되어 있다.
26) 엄부(嚴父): 엄한 아버지

다 열렬한 희망과 때로는 힘 있는 자극을 주어 격려한 태도를 볼 때에는 그의 전도에 결코 죽음이란 검은 마수가 벌려 있을 것이라고 상상하기 어려웠다. 더구나 그는 목포 사회를 위하여 수천의 금액을 내놓아 자기 손으로 도서관 하나를 단독으로 세우고자 하다가 뜻과 같지 못하여 완성하지 못한 일이 있고, 때로 친구를 만날 때에는 "내가 자유가 되면 조선의 신극운동을 위하여 극장 하나를 반드시 세우겠다"는 호언을 한 일이 있던 사람이다.

최근에는 동경에서 앞에서 말한 극예술연구회의 같은 회원이자 현재 동경축지소극장(東京築地小劇場)[27]에서 무대예술을 실지로 연구 중인 홍해성(洪海星)[28] 씨와 함께 「우리 신극운동의 첫길」이라는 장논문을 조선일보 문예란에 실은 것을 볼 때에 최근까지 전도의 광명을 잃지 않고 다대한 기대를 가졌던 것은 만인이 수긍할 수 있는 것인데 그가 일조에 죽음의 길을 밟았다는 것은 과연 의심하지 않을 수 없는 것이다. 또한 그에게는 처자가 있었다. 사랑이 없는 처자였다고 하나 그가 일찍이 큰딸 진호(鎭浩)는 얼마나 사랑하였는지 알 수가 있다. 그 장녀가 일찍 경성시내 모 유치원에 다니고 그의 엄친[29]이 경성에 유숙할 때에 김우진은 경성에 남몰래 올라와서는 엄친의 호령이 무서워 집으로는 딸

27) 츠키지 소극장. 1924년 개설된 일본 최초의 신극 상설 극장
28) 본명 홍재원(洪在遠, 1893~1957): 배우 및 연출가
29) 엄친(嚴親): 엄한 어버이라는 뜻으로 남에게 자기의 아버지를 일컫는 말

- 요한 아우구스트 스트린드베리
- 홍해성
- 츠키지 소극장

을 보러 가지 못하고 남의 눈을 피해 유치원에 가 딸을 만나고는 손을 잡고 사랑을 표현한 일이 있었다고 한다. 이것으로 미루어 볼 때에 그가 자녀를 사랑함이 얼마나 지극하였으며 따라서 집안의 무자비한 압박과 부자유가 얼마나 심하였는지를 짐작할 수가 있는 것이다.

윤심덕은 여성스럽기보다는 남자다운 여자였다. 방종한 성격과 쾌활한 천품을 가진 여자였다. 일찍이 그녀와 교제한 사람으로는 허교(許交)30)를 아니한 사람이 드물었던 것으로 남자를 대할 때에 보통 처녀들이 남성을 대하는 것 같은 그러한 수줍은 태도가 없었고, 오히려 남자가 심덕을 부끄러워할 만큼 쾌활하여서 만인은 '그녀도 시집을 갈까?' 하는 의문을 가지고 있었던 것이요 심덕 스스로도 얼마큼 그러한 염려가 없지 않았을 것이다.

그러나 이러한 쾌활한 성격의 반면에는 그도 또한 인간이며 그도 또한 한 사람의 처녀였으니 어찌 불붙는 정서야 없었으며 남성의 따스한 가슴을 생각하지 않았으랴! 더구나 배우는 바가 예술이요 부르는 것이 음악이었고 고조되는 바는 타는 정열이었다. 때로 상야공원(上野公園)31)의 지는 벚꽃을 치마로 받으며 소프라노의 고운 소리를 마음껏 불러보기도 하였겠고 때로 불인지(不忍池)32) 넘어가는 달그림

30) 자기와 벗으로 사귀는 것을 허락하고 사귐.
31) 일본 도쿄의 우에노 공원
32) 우에노 공원에 위치한 연꽃으로 유명한 연못

자를 보고는 남성 같은 눈동자에 조물주의 야속함을 하소
연하면서 뜨거운 눈물도 지었을 것이다. 그리하여 그는 사
랑을 찾되 참으로 자기를 이해해 줄 사람을 찾고 사랑을 찾
되 남성적 성격을 녹여 주기에 만족할 만한 인물을 골랐을
것이다. 그러나 세상은 뜬구름 같아 그의 희망을 완전히 이
루어 줄 만한 상대자를 구하지 못하였으니 이런 때에 그는,
보통 수줍은 처녀와 다른 것만큼 그만큼 방종한 길에 떨어
지기가 쉽고 자포자기가 되기 쉬운 것이다.

  '에라, 세상이 내 마음대로 아니 되니 어디 돈이나 구하고
성(性)의 방종이나 하여 볼까?' 하는 어스름한 생각이 들자
혹은 남만주로 달아나도 보고 혹은 사람에게 손가락질 받
을 만한 행동을 많이 한 것이다. 그러나 그럴 때마다 더더욱
세상은 마음대로 아니 되고 점점 자기가 자기를 버릴 만큼
되어 가서 친구보고 "어떤 얌전하고 순진한 청년을 끌고 죽
는다"는 말도 해 보고 "어떤 돈 있는 놈하고 살겠다"는 말도
해 본 것이니 이 같은 말이 그의 입에서 나온 것이 결코 우연
한 것이 아니요 그의 반생을 돌아 보면 반드시 필연적 귀결
이라 할 수 있겠다.

  이러할 때에 심덕이 오직 남쪽 하늘을 바라볼 때마다 가
장 묵직한 느낌을 주는 것이 있으니 그는 목포의 김우진이
었다. 김우진과는 일찍이 동경에서부터 친분이 있었고 누이
냐 오빠냐 하는 사이일 뿐 아니라 예술을 통하여 서로를 존
경해 왔는데 그 후로 차차 그의 주위가 이같이 변하게 될 때

에 심덕은 항상 남쪽을 바라보며, 김우진은 조금이라도 자기를 이해하여 준다는 기쁨과 돈이 있고 순진한 청년이라는 점이 그의 이성과 마성 양 방면을 족히 만족시켰고 마음 든든히 일었던 것이다. 또한 김우진도 역시 성격상 필연적으로 오는 사랑의 발로가 있어 이곳에 알지 못할 한 줄기 연결이 생긴 것을 알았다.

그렇게 윤심덕 양은 남성에 대한 반역의 태도를 종종 보이면서도 원체 그 성질이 몹시 쾌활한 여성이었기 때문에 그의 진정한 내심을 아는 사람은 없었던 것이다. 이러한 동안에 허다한 남성들과 교제가 빈번하였지마는 기실 내면에는 해 뜨는 아침 달 돋는 저녁으로 이번에 같이 정사한 김우진과 또 그 한편으로는 평양에 있는 모 청년 신사를 잊어 본 적은 없었던 것이다.

평양에 있는 그 청년에 대해서는 구태여 세상에 그의 성명을 드러낼 필요는 없거니와 윤심덕에게 그 청년과 김우진은 실로 이 세상에 다시없는 친구였고 애인이었으며 또한 윤심덕이 자기 부모보다도 더 크게 믿고 바라던 두 사람이었다. 그러나 그 두 청년은 모두 이미 아내가 있고 자녀까지 있으며 또한 가정이 몹시 엄격하여 윤심덕이 자기의 목적을 이루기에는 하늘의 별 따기보다도 더 어려웠던 것이다. 그리하여 윤심덕은 어떤 때 공상의 세계에 들어가 그 두 청년을 앞에 놓고 '이 떡을 줄까, 저 떡을 줄까?' 하고 망설이다가도 '그들은 이미 아내가 있고 자녀까지 있는 사람들이 아니냐?'

하는 생각이 애처롭게도 그의 공상을 깨뜨릴 때에는 세상의 모든 희망이 일조에 사라지는 듯하여 남모르는 눈물과 긴 한숨을 지은 적이 한두 번이 아니었다.

그러하기 때문에 윤심덕은 일본에서 나온 이래 여러 번 혼담도 많이 있었지만 그럴 때마다 약혼의 상대자를 앞서 말한 두 청년과 비교해 보면 인격이라든가 또는 재산 정도라든가 윤심덕이 요구하는 모든 조건이 그 청년들보다 어디로든지 못한 듯이 보여 혼담은 하나도 성립되지 못했던 것이다. 더욱 윤심덕이 동경음악학교 재학 당시에 동경제국대학 영문과 본과에 재학 중이던 이창우(李彰雨)라는 청년이 윤심덕을 참마음으로 연모하여 염서(艶書)33)와 값비싼 푸레센트34) 등을 수없이 보낸 일이 있었으나 윤심덕은 냉정하게도 그의 사랑을 받아주지 아니하고 끝까지 배척하였다. 결국 그 청년은 실연의 깊은 통상(痛傷)35)으로 필경 정신의 이상까지 생겨 재작년 어느 때까지 시내 총독부의원 동(東) 8호실에 유폐되어 윤심덕의 이름을 연속해 부르며 어떤 사람이 그 앞에 가도 "오, 윤심덕이냐? 노래 한마디 불러라, 응? 노래 한마디 불러……" 하고 광태(狂態)36)를 연출하기도 하였다.

그것은 바로 윤심덕이가 일본에서 나와 경성에 있을 때

---

33) 남녀 간의 애정을 담은 편지
34) 프레젠트(present): 선물
35) 고통스런 상처
36) 미친 모양

의 일이었다. 그러나 심덕은 '흥! 그것이 내 잘못인가. 나는 싫다는데 그렇게 미치기까지 하는 남자가 어디 있어? 못생긴 사람……' 하고 끝없이 가엾게 생각하면서도 사랑에 있어서는 어디까지나 냉정하였다. 그토록 데리케이트[37]한 사랑을 바치는데도 그렇게 냉담하던 심덕이가 사랑에 끌려 죽다니? 이것이 그가 죽은 뒤에 세상에 남은 수수께끼일 것이다. 동시에 사랑하는 부모 형제보다도 더한층 윤심덕의 죽음을 못내 아파할 사람은 세상 사람 가운데 누구보다도 윤심덕을 가장 잘 이해하던 앞에서 말한 평양의 청년 신사일 듯싶다.

그 한편으로 정사의 상대자인 김우진은 최근에 어떠한 번민과 고통을 받고 있었으며 또한 그의 가정은 어떠하였는가? 먼저에도 말하였거니와, 옛날 구한국[38] 시대에 장성군수와 목포의 감리로 지내며 당시 서슬 푸르던 세력가로 지금은 누거만의 재산을 가지고 목포에서 일대의 호화로운 생활을 하고 있는 김성규(金星圭) 씨의 귀여운 맏아들로 세상에 태어난 행운아가 바로 김우진이었다.

때는 지금으로부터 3년 전 즉 대정 13년[39] 여름의 일이다. 김우진은 오랫동안 강호(江戶)[40]에서 쓸쓸한 이역(異域), 외로운 학창에서 피어오르는 정서를 억제하며 학생 생

37) 델리케이트(delicate): 세심한
38) 구한국(舊韓國): 대조선 고종 34년(1897)에 새로 정한 우리나라의 국호. 1910년 국권 피탈로 멸망함. 대한 제국
39) 1924년
40) 동경의 옛 이름

활을 계속하다가 기다리고 기다리던 셈메- 베케이슌[41]을 맞게 되어 기쁨이 넘치는 가슴을 안고 고향인 목포로 돌아왔었다. 그러나 남모르게 애틋한 사랑을 주고받던 윤심덕을 항상 잊지 못하는 김우진은 그 기회를 이용하여 윤심덕양과 그의 오라비 되는 윤기성(尹基成), 그리고 이번에 미국으로 떠나간 그의 아우 윤성덕 양 세 사람을 자기 시골집으로 청하여 음악회를 열었으니 이것이 두 사람 사이에 엄돋는 사랑의 싹을 한층 더 북돋아 놓은 것이었다. 그리하여 윤심덕과 김우진은 목포에서 며칠을 지내는 동안에 쌓였던 회포와 밀려든 정화(情話)[42]를 풀었던 것이다.

이야기는 잠깐 바뀐다. 그렇게 호화로운 가정의 귀여운 맏아들로 태어나 세상의 아무 부러운 것 없이 자라난 김우진도 동양의 윤리와 도덕에 깊이 물든 자기 가정의 압박에 대하여는 더할 수 없는 고통과 번민을 맛보며 있었다. 그러나 강직한 성격의 소유자인 그는 그같이 영어(囹圄)[43]의 가운데서 신음하면서도 조금도 거기에 감화되지 아니하고 끝끝내 반기를 들고 있다가 결국 그와 같은 최후로써 극단의 반역의 화살을 보낸 것이다.

그리하여 김우진은 조도전대학 영문과에 재학할 때에 특히 극에 대한 취미가 많이 있다 함을 말하였거니와 일생에

---

41) 서머 베케이션(summer vacation): 여름방학
42) 남녀 간 애정을 주고받는 정다운 이야기. 정담(情談)
43) 감옥의 완곡한 표현

대한 진정한 기록자와 인간다운 인간을 창조해 보려는 생각으로 무대예술을 연구하며 6~7년 전 그 포부의 일단으로 동지들과 같이 동우회의 회원으로 윤심덕 양과 같이 조선 각지를 순회하며 시연(試演)44)을 해 본 일도 있었고 또 그 후로 일본의 극예술 연구자들과 같이 손목을 맞잡고 연구회를 조직하였던 일도 있었으며 연전에 동 대학을 우수한 성적으로 마치고 고향에 돌아왔을 때에는 자기의 독단자력으로 목포의 인사들을 위하여 도서관 하나를 설비하여 보려고 애쓴 일도 있었다 한다.

더욱이 최근에 와서는 신극운동을 위하여 소극장 하나를 세운다는 말도 있었다 하나 이 모든 그의 포부와 생각은 오직 돈을 모을 줄 알되 사회를 위하여 쓸 줄은 모르는 그의 가정에서는 용납될 이치가 없었을 것이다. 그리하여 그의 부친은 김우진에게 극예술운동이니 무엇이니 하는 모든 것을 다 집어던지고 가정에 들어앉아 고래(古來)45)의 가헌(家憲)46)을 준수하여 재산이나 관리하고 그밖에 여러 가지 자가번영(自家繁榮)47)에 관한 일만 하기를 희망하였었다. 그러나 모든 인간을 위하여 살고 사회를 위하여 살아 보겠다는 김우진으로서는 아무리 부친의 희망이라 하여도 그 같은 것이 자기의 뜻에 맞았을 이치가 있었으랴. 차라리 이 세상

44) 연극 등을 시험적으로 상연하는 일
45) 예부터 전해오는
46) 한 집안의 규율과 법식
47) 자기 집안을 번영시키고 영화롭게 함.

에 살아 있지 않을지언정 그것은 자기로서는 차마 못할 생활이라는 것이 그의 마음속에 깊이 뿌리박고 있었던 것이다.

그리하여 부자간의 그 같은 극단의 사상 충돌은 아무리 뗄 수 없는 골육의 사이라 하여도 이반(離反)되지[48] 않을 수가 없었던 것이다. 이로 인해 그는 부친에 대한 최후의 반역으로 마지막으로 부친을 하직하고 여러 가족들과 사랑 없는 아내, 사랑 있는 자녀들과 모두 눈물로 이별한 후 금년 6월 9일경에 단연히 집을 떠났던 것이다. 바로 그때에 아들을 사랑하는 그의 어머님은 떠나가는 아들을 만류하다 못하여 눈물 어린 돈 몇천 원을 손에 쥐여 주었으니 김우진은 그 돈을 가지고 곧 경성으로 올라와 자기의 마음이 그렇게 답답할 적마다 더욱 생각이 간절해지는 윤심덕 양을 찾아간 것이다.

그때 윤심덕 양은 시내 약초정(若草町)[49] 모 일본 여관에서 다시 수은동 오전사진관 뒷방으로 하숙을 옮겨 가지고 자기 집과는 이미 담을 쌓은 터였다. 지척 간에 집을 두고도 오직 차디찬 여관 생활을 하고 있던 중이었다. 언제나 아무 근심 걱정 없이 쾌활한 듯한 윤심덕도 간간 자기의 살뜰한 친구와 조용히 마주 앉았을 때에는 "세상에 나같이 박행한 여자는 없다. 지금 내가 내 처지를 돌아보고 나를 의시(疑視)할[50] 때에는 사실 기가 막힌다. 나는 나를 너무 잘 아

48) 떨어지고 어긋나다.
49) 서울시 중구 초동의 일제강점기 명칭

144

는 것이 걱정이야……" 같은 말을 때때로 하며 그의 얼굴에
는 평소에 좀처럼 보기 어려운 수심의 구름이 종종 떠오르
는 일이 있었다 한다.

　'인생은 짧고 예술은 유구하다'는 주장을 파지(把持)하고
51) 김우진은 그 후부터 경성과 동경으로 돌아다니며 신극
운동을 하며 평생을 예술에 희생코자 하였다. 그러나 시골
집의 늙은 부모는 항상 아들의 경륜을 옳게 여기지 않고 그
것을 말리고자 아들을 백방으로 달래기도 하였으며 또는 나
무라기도 하면서 도무지 그것을 하지 못하게 하였다. 그러
나 확고한 주견과 철저한 주장을 가진 우진은 부모의 말에
의지하여 좌우되지 아니하였다. 이로 인하여 그는 항상 가
정에 불만을 가졌다. 우진은 윤심덕을 사랑하는 한편, 그의
본집에는 부모가 정하여 준 아내와 그 사이에 낳은 어린 남
매가 있었는데 처음에는 우진이 오직 예술만을 위하여 돌아
다니는 줄 알던 부모도 차차로 세월이 지나자 김우진과 윤
심덕이 사랑의 꿈을 꾸고 있다는 것을 알게 되었다. 그리하
여 사랑하는 아들과 귀여운 며느리 사이에 어떤 불행이나
오지 않을까 하여 김우진과 윤심덕의 사랑을 막고자 하였
다. 그러므로 김우진은 가뜩이나 불만을 가진 가정에서 또
이와 같은 계획을 가지고 자기의 사랑을 깨뜨리고자 하는
것을 알고는 더더욱 가정이 싫어졌을 뿐만 아니라 금전만능

50) 의심스러운 눈으로 보다.
51) 꽉 움키어 쥐고 있다.

의 타기만만(惰氣滿滿)한[52] 공기가 더욱 싫어서 금년 5월
에는 목포 본집에 가서 부모와 최후의 담판을 하고 거리에
서 굶어 죽더라도 다시는 집으로 돌아오지 않겠다는 것을
성명하고는 표연히 집을 떠나 서울로 향하였다. 아들이 이
와 같이 하자 그의 아버지는 분기가 충천하여 잘 가라는 말
한마디도 없었으나 자애 깊은 그의 어머니는 눈물을 흘리며
말리다 못하여 마지막으로 가정을 하직하는 아들에게 수천
원의 금전을 주었다 한다. 그것을 가지고 서울로 올라온 김
우진은 사랑하는 윤심덕 양과 함께 시내 황금정(黃金町)[53]
삼정목에 있는 모 일본 사람의 여관에서 두 사람이 같이 살
림을 하다가 시내 수은동 오전사진관의 위층을 빌려 가지고
남모르게 두 사람이 지냈다고 한다. 6월 9일에 조선 최후의
인산이 거행될 것을 하루쯤 남겨 놓고도 이를 배관(拜觀)하
지[54] 않고 윤심덕의 말에 따라 그날 밤 10시 50분 열차로
동경으로 떠나갔었으니 이때부터 김우진과 윤심덕의 사이
에는 세상 사람이 상상하기 어려울 만한 무슨 밀계가 있었
던 것이라 한다.

그리하여 애인의 말대로 일본으로 건너간 김우진은 천성
이 호방하여 여간한 일에는 자기가 하는 일을 숨기는 법이
없었으나 그가 이와 같이 윤심덕의 말을 따라 은근히 일본

---

52) 게으름이 가득하다.
53) 서울시 중구 을지로의 옛 명칭
54) 삼가 절하고 뵈다.

• 황금정 거리 풍경

으로 건너간 이면에는 자연스럽지 못한 가정과 작별하고 서울에 올라오기 위함이었다. 김우진에게 그의 친구들은 아무쪼록 마음을 잡으라고 권고했고, 사랑의 상대자인 윤심덕이 세상 사람들의 입에 오르내리게 되자 김우진도 그 말을 듣지 아니할 수 없었다. 그래서 애초의 생각은 두 사람이 함께 손목을 마주잡고 일본에 건너가 재미있는 생활을 하여 보려고도 하였으나 그 마음을 고쳐 가지고 먼저 동경으로 떠나가서 모든 준비를 하였던 것이라는 말도 있던 터이다.

이야기는 또 바뀐다. 하얼빈[55]을 다녀온 윤심덕은 세상 사람의 입에 오르내리기가 싫어서 얼마 동안은 그의 자태를 악단에도 내놓지 않고 있다가 금년 1월 중순에 돌연히 악계를 떠나 극계의 한 사람으로 토월회 무대 위에 서게 되었으니 이때에 세상에서는 또다시 흥미 있는 눈으로 그의 일동일정을 살피게 되었었으나 그가 별안간 그와 같이 태도를 고치게 된 원인에 대해서는 누구 하나 아는 사람이 없었다. 과연 그가 토월회로 가기까지의 경로는 어떠하였는가? 그때에 토월회는 지방순회를 마치고 돌아와서 여배우 문제로 한참이나 분규를 거듭하다가 드디어 문제의 여배우 복혜숙(卜惠淑)[56]을 내보내고 여배우의 적임자가 없어 일종의 공

55) 하얼빈(哈爾濱): 중국 동북부 쑹화강(松花江) 중류의 오른쪽 기슭에 있는 도시

황 중에 있을 적이다. 어느 날 토월회 간부이던 박승희(朴勝喜)57) 씨에게 편지 한 장이 들어왔는데 그 편지의 원문은 이러하였다.

(……) 만나 보면 아실 듯합니다. 이 사람은 오래전부터 무대예술을 동경하여 할 수만 있으면 꼭 한번 무대 생활을 하고자 하는 사람입니다. 이런 사람이라도 만일 쓸데가 있다고 하면 한번 찾아 주십시오. 그러면 그때에 자세한 말씀을 하겠습니다. (……)

서대문정 일정목 73번지
윤리다

이와 같은 편지를 받은 박승희는 윤리다가 과연 누구인지 알 수가 없었다. 그리하여 토월회 간부 모 씨가 그녀를 찾아가 본즉 그는 너무도 의외라서 놀라지 않을 수 없었는데, 그녀는 세상이 궁금히 여기던 윤심덕 양이었다고 한다. 그리하여 적당한 여배우가 없었던 차에, 혼자 많은 인기를 끄는 윤심덕 양이 입회하겠다고 하니 토월회 편에서도 적이 기뻐하였던 것이다. 그리하여 피차에 약조가 성립이 된 뒤에 윤심덕은 자기 집에서 부모에게 이 뜻을 말하였지만, 그의 아

56) 복혜숙(1904~1982): 한국 최초의 여배우, 성우
57) 박승희(1902~1964): 극작가, 신극운동가

• 복혜숙
• 박승희

버지는 물론이고 어머니와 형님까지도 이에 크게 반대하였다. 그러나 한번 하겠다는 것을 결정한 윤심덕은 그대로는 일이 되지 아니할 줄을 미리 알고 토월회로 기별을 하여 으슥한 곳에 여관을 하나 잡아 놓으라 하였다. 그 이튿날 아침에 대구에 있는 일가에 가서 얼마간 있다 오겠다고 말하고 있을 동안 쓸 것을 행리58)에 수습해 가지고 아침 10시 경 부선으로 떠난다 한 후 그 시간이 거의 되었을 때에 인력거를 타고 정거장으로 가는 것처럼 꾸며 가지고 황금정 삼정목 모 일본인 여관에 도착하였다. 그날부터 윤심덕은 토월회 무대 위에 그림자를 나타내게 되었는데 이를 전혀 몰랐던 그의 집에서는 그날 저녁때 각 신문에 게재된 기사를 보고 그제야 알게 되었다. 그의 아버지는 머리를 싸고 드러누워 식음을 전폐하였으며 그의 어머니와 친구들은 그를 잡고자 하여 광무대로 약 10여 일 동안을 끊임없이 밤마다 찾아 갔었는데 그럴 적마다 윤심덕은 손수건으로 얼굴을 가리고 뒷문으로 나가 버리는 바람에 그의 어머니는 목적을 달성해 본 적이 없었던 것이다.

그리하여 윤심덕을 잡으러 다니던 그의 어머니는 나중에는 할 수 없이 사람을 중간에 놓아 가지고 이왕 토월회에 입회를 하여 출연까지 여러 번 한 터인즉 이제 와서 새삼스레 그곳을 나온다면 오히려 세상 사람의 이야깃거리만 더 될 것이니 그곳에 다니는 것은 다닌다 하여도 집에 와서 있으

58) 행리(行李): 여행할 때 쓰는 물건과 차림

라 하였다. 그러나 윤심덕은 이것까지도 거절하였다. 윤심덕이 거절한 것은 두 가지 이유 때문이었다. 첫째는 그의 부모가 심덕이 세상 사람들의 이야깃거리가 되어 신문이나 잡지에 오르내리는 이유를, 삼십이 되도록 계집애를 시집보내지 아니하였기 때문이라고 생각하여 혼처를 사방으로 구하다가 대구에 사는 모 부호의 아들과 혼담이 성립되어서 윤심덕의 어머니는 어떠한 수단을 쓰든지 심덕이 집에만 들어오면 대구로 시집보내려는 복안이 있었는데 그가 이를 눈치채고 거절한 것이다. 또 한 가지는 심덕이 연극을 마치고서 어머니에게 들킬까 두려워 쫓기는 자의 두근거리는 가슴을 만져 가며 밤하늘 아래 찬바람을 쐬고 여관으로 돌아만 가면 사랑하는 김우진이가 반가이 맞아 주었는데 서로 그날에 겪은 이야기로 꽃을 피우는 것이 윤심덕에게는 비할 데 없이 좋았던 것이었다.

그러나 김우진은 시골집에서 다녀가라는 편지가 뒤이어 와서 시골집으로 내려가게 되었다. 그 후 김우진은 윤심덕과의 관계를 집에서 알까 두려워 목포 우편국 사서함 제3호 김초성이라는 이름으로 윤심덕과 서신을 왕복하였다. 그때 윤심덕 양과 김우진 사이에는 훌륭한 이상이 있었다. 김우진은 내년 봄이면 경도(京都)[59]에서 유학하고 있는 아우가 졸업을 할 터이므로 그가 졸업하고 귀국하는 때에 맞춰 가정에 대한 모든 것을 그에게 맡겨 버리고 자기는 윤심덕 양

59) 일본 교토를 우리 한자음으로 읽은 이름

과 함께 수십만의 자본을 가지고 극장까지 지은 후에 적극적으로 신극운동을 하려는 계획을 세웠던 것이다. 그래서 윤심덕이 토월회에 입회할 적에도 윤심덕은 당시 조선극장에 있던 민립극단(民立劇團)이라는 데에 입회하려는 것을 김우진이 우겨서 토월회로 들어갔던 것인데 윤심덕은 항상 남구(南歐)[60]의 열정시인 따눈초[61]의 명작소설 『사(死)의 승리(勝利)』[62]를 무한히 애독하였다. 그러는 동안에 이상하게도 윤심덕이가 들어간 지 미처 한 달이 되기도 전에 토월회에는 또다시 풍파가 생겨서 그중에 유력한 몇 사람이 탈퇴를 하게 되었다. 이때에 윤심덕은 자기의 거취는 목포에 있는 의동생에게 물어보아야 한다고 한 후 수일이 지난 뒤에야 퇴회를 하고 백조회(白鳥會)[63]라는 것을 새롭게 조직하였던 것이니 윤심덕을 중심으로 몇몇 사람이 백조회를 조직한 것은 내년에 김우진이가 수십만의 큰 자본을 가지고 이에 나서겠다는 것을 믿고 그리하였던 것이다. 그래서 김우진이가 조종하는 대로 윤심덕은 기계적으로 움직일

---

60) 남부 유럽

61) 가브리엘레 단눈치오(Gabriele D'Annunzio, 1863~1938): 이탈리아의 시인 겸 소설가이자 극작가

62) 단눈치오의 소설 『죽음의 승리(Trionfo della morte)』(1894). 주인공 조르지오는 유부녀인 이폴리타와 사랑에 빠지게 되었으나 만족하지 못한다. 결국 죽음의 매력에 빠진 주인공은 죽음을 원치 않는 이폴리타와 함께 절벽에 몸을 던진다.

63) 토월회에서 탈퇴한 인물들이 새롭게 이상적 신극운동을 해 보겠다는 뜻으로 1924년 조직한 모임. 김을한, 김기진, 김복진, 연학년, 이성해, 김동환, 윤심덕, 안석영, 이승만 등이 연합하였지만, 토월회에 대한 반발로 조직된 극단이었기 때문에 제대로 된 공연을 해 보지도 못하고 해산되었다.

뿐이었다고 한다. 그러다가 일전에 소개한 바와 같이 김우진이 가정에 작별하고 경성에 올라온 이후로는 황금정에 있던 여관은 남들이 알게 되어 이목이 번다하다는 이유로 오전사진관 2층에 셋방을 얻어 가지고 얼마를 지냈다. 백조회가 중도에 해산을 하게 되고 본즉 그들은 서울에서 세월을 보내기가 너무도 지루하여 김우진은 일본으로 먼저 건너가게 되었는데 그는 일본의 유도무랑을 많이 숭배하던 터라서 신문을 읽다가도 청춘 남녀가 정사한 로맨스가 있으면 이를 제일 유의하여 읽었다. 그리하여 김우진은 그와 같은 기사가 많이 실린 신문은 반드시 윤심덕에게 보냈다. 윤심덕이가 일본으로 떠난 후 그가 지냈던 경성의 방에는 그러한 신문이 이 구석 저 구석에 수북이 쌓여 있었다고 한다.

윤심덕은 요즘 자기의 살뜰한 동무들과 마주 앉았을 때 그것이 무슨 의미로 하는 말인지 또 사실인지 아닌지는 알 수 없지마는 "지금 내 아버지는 친아버지가 아니란다. 그래서 우리 집 딸 셋 중에 나만 제일 박하게 대하여 준다. 이런 기막힐 노릇이 있니……" 하고 커다란 두 눈에 하염없는 눈물이 그렁그렁하여지며 금창이 메이는 듯한 목소리로 가끔 말하는 일도 있었다고 한다. 그렇게 윤심덕이 전에 없이 남 모르는 수심과 극도로 센치멘탈한[64] 기분에 잠겨 있을 때에 김우진이 자기의 집을 하직하고 다시금 윤심덕을 찾았던 것이다. 서로 사랑하고 서로 이해하는 두 청년 남녀가 다

64) 센티멘털(sentimental)하다: 감상적이거나 감정적인 특성이 있다.

• 가브리엘레 단눈치오

각기 인생의 광명면은 발견치 못하고 암흑한 절망과 비애의 쓰라린 가슴을 부둥켜 잡고 서로 만나는 것은 반드시 인생 최대의 비극이며 세상에 흔히 있는 일이다. 그리하여 김우진도 윤심덕을 찾는 길로 곧 자기의 서러운 사정을 눈물로 하소연하고 정사하기를 청하였던 것이다.

그로부터 김우진은 서울에 있을 동안 윤심덕에게 정사하자고 하루에도 몇 번씩 요구하였다. 그러나 윤심덕은 그럴 적마다 "우리가 지금 한창 살 나이에 죽기는 왜 죽어! 어떤 사람들은 살다가 살다가 병들어 죽고 늙어서 죽는 것도 서럽다고들 하는데, 우리도 세상이 뭐라고 하거나 부모가 뭐라고 하거나 살아 보다가 죽지. 글쎄, 기왕 살아 있는 목숨을 왜 끊자고 하니!" 하고 매양 김우진을 달래고는 하였다고 한다. 윤심덕은 김우진에게 표면으로는 "오빠"라고 부르며 서로 "해라"를 하고 지내던 것이다. 그러면 애초에 감춰진 깊은 사랑은 말할 것도 없고……. 그 한편으로 윤심덕은 또한 자기와 친한 동무들에게 "우리 목포 오빠가 날더러 자꾸만 죽자고 하는구나. 글쎄, 죽기는 무슨 까닭으로 죽니?" 하고 이렇게 아니 죽겠다는 낙관의 태도를 보이면서도 또 어떤 때에는 "나는 찰나에 산다. 다시 말하면 찰나미(刹那美)[65]에 사는 사람이다. 이 찰나의 미를 얻을 수가 없게 된다고 하면 그때 가서는 나는 죽은 사람이다. 즉 사십이 넘도록은 세상에 살아 있지 않겠다"는 말을 하여 자기는 생에 대

65) 극히 짧은 시간의 아름다움

한 애착이 깊지 않다는 것과 세상에 오래 살지 않겠다는 뜻을 한숨 섞어 말한 적도 한두 번이 아니었다 한다. 윤심덕의 이러한 말들을 대조하여 보면 과연 그 어느 것이 진정한 마음이었는지 아는 사람은 없었던 것이다.

그리하다가 윤심덕은 김우진을 한 걸음 먼저 동경으로 보냈던 것인데 동경 간 김우진으로부터 편지가 올 적마다 그가 반드시 죽자는 말을 당황히 하여 윤심덕도 퍽 고민하고 있었다 한다. 그 후로 윤심덕은 김우진에게서 온 편지를 모두 없애 버리고 자기가 돌아와서 입겠다고 여름 의복가지들을 곱다랗게 다려서 여관 행리 속에 차곡차곡 넣어 둔 후 7월 16일 한 많은 경성을 마지막으로 하직한 것이었다.

윤심덕 양은 이미 세상에 소문이 자자한 다정다한한[66] 성악가로 여러 젊은이들의 가슴을 태웠다. 그러다가 부호 이용문(李容汶)의 희롱을 받고서 겨우 부지하던 명예가 땅에 떨어지자 그는 비관한 끝에 하얼빈으로 몸을 빼쳐 우옷가[67]에 몸을 적시고 있다가 다시 경성으로 돌아와 쓸쓸히 지내던 중 마침 그의 재주를 아끼는 일동축음기주식회사의 초빙을 받아 작년 가을부터 일동 전속이 되어 〈망향가〉, 〈길막이의 추회〉, 〈너와 나〉, 〈자장가〉 등 수십여 종의 심혈을 다한 명곡을 취입하였으며 다시 토월회 여배우가 되었으나 성의 없는 경영자의 손에 걸려 그도 또한 허사가 되고 말았다. 그리

---

66) 다정다한(多情多恨)하다: 애틋한 정도 많고 한스러운 일도 많다.
67) 우옷카(ウオッカ): 보드카(vodka)의 일본식 어휘

하다가 일동회사에서 다시 윤심덕의 조선속가(朝鮮俗歌)를 취입하고자 하여 이를 위해 대판(大阪)68)으로 간 것이었다.

동경에 있던 김우진은 윤심덕을 찾아 대판에 와서 윤심덕의 형제가 묵고 있는 강춘여관(岡春旅館)에서 윤심덕과 하룻밤을 묵었다. 그 후 그들은 윤성덕 양이 배를 타는 것도 보지 아니하고 조선으로 온 것이라고 한다. 윤성덕 양은 미국 가는 여행권에 장학금 500불씩을 해마다 보내주겠다는 교장의 증명서가 빠져서 처음에는 신호(神戶)69)에서 배를 타려고 하였다가 타지 못하고 경성에 있는 자기 집에다가 편지하여 증명서를 보내라 한 후 이미 소개한 바와 같이 횡빈에서 증명서 오기를 기다려 그것을 가지고 지난 4일에 배를 타려 했었던 것이다. 윤 양은 창해만리에 염려되는 항해를 하는 아우의 떠날 날을 하루를 남겨 놓고 아우 가는 것도 보지 않고 일동회사의 전내(田內)70) 씨에게 부탁 한마디를 남겨 놓고 자기는 사랑하는 사람의 손을 잡고 3일 새벽 대판시(市)의 졸린 듯한 등불들이 고요한 안개 속에 희미하게 비치는 속에 그곳을 떠나 하관을 향하였던 것이다.

그런데 그는 대판을 출발하기 전에 일동회사에 있는 전내 씨를 보고 이 이야기 저 이야기 하던 끝에 이번에 자기는 돈도 쓸데없고 의복도 필요치 않은 낙원국을 찾아 여행을 하

---

68) 일본 오사카의 한자식 이름
69) 일본 고베의 한자식 이름
70) 일동레코드사 관계자인 '다우치'의 한자식 이름

겠다는 둥 밤에 연락선을 타려면 대판에서 몇 시 차를 타야 밤에 출발하는 연락선과 접속이 되느냐는 둥 여러 가지 이야기를 하고 나중에는 밤에 연락선 갑판에서 산보를 하여도 상관이 없느냐는 둥 수정같이 맑은 달 밝은 밤보다는 금강석가루를 뿌린 듯한 별들이 반짝이는 것을 쳐다보며 가는 바람에 한없이 부딪치는 쇠잔한 물결 소리를 듣는 것이 매우 좋겠다는 둥 말끝마다 애상(哀傷)[71]이 흐르는 듯한 이야기를 하였었다 한다. 그러나 그 말을 듣는 전내 씨나 또는 윤심덕의 아우 윤성덕 양도 그가 죽으려니 하는 생각은 꿈에도 깨닫지 못하였던 것이다. 그리하여 윤성덕 양은 4일 새벽에 장학금 증명서를 받아 가지고 그의 언니가 그와 같이 된 것도 알지 못하고 '앳밀라인' 기선으로 횡빈을 출범하여 물나라 여행을 하는 중이라 한다.

　아우를 채 작별도 하지 않고 애인과 죽음의 길을 취하고자 하는 윤심덕이 김우진과 함께 연락선 덕수환을 탄 것은 3일 오후 1시였다. 수많은 승객들 속에 이와 같은 로맨스를 지어낼 두 사람이 있을 것은 누구도 생각지 못하였다. 음력으로 그믐께라 망망한 바다 아득한 수평선에 넘어가려는 새벽달이 남실남실 넘노는 물결을 따라 보였다 잠겼다 하는 4일 오전 4시경에 갑판을 순시하는 급사가 일등선실 0호실에 문이 열린 것을 보고 이상히 여겨 가 본즉 사람은 없고 행구들만 놓인 곳에 "뽀-이에게"라고 쓴 종잇조각이 있었다.

71) 슬퍼하거나 가슴 아파함.

들고 보니 그것은 '뽀이'에게 보내는 편지였는데 내용인즉 "미안하나 우리의 행구는 집으로 보내주시오"라는 것이었다. 그리하여 의외의 일이 생겼음을 안 승조원들은 물론 승객들까지도 크게 소동을 일으켜 즉시 배를 멈추고 사방으로 수사하였으나 결국 그들의 시체를 발견하지 못하고 말았다고 한다. 그리고 '뽀이'가 그것을 발견한 것은 덕수환이 대마도 옆을 지날 때였는데 정작 김우진과 윤심덕이 투신하는 것을 본 사람이 없어 과연 그들이 몇 시에 어느 지점에서 그리하였는지 알 수 없기에 여러 가지 말들이 있는 터이나 여하간 윤심덕 양과 김우진은 예술로 사랑하고 예술로 융합된 사람들이어서 죽음을 취함에도 바람 부는 새벽하늘에 들어가려는 반달이 의미 있게 두 사람을 비칠 때, 푸른 바다에 굽이치는 물결의 위대한 예술적 파노라마 속에서 죽음을 찾은 것이라 한다.

8월 4일 미명에 두 사람은 멀리 부산 땅을 바라보고 죽었다. 이렇게 하여 두 사람은 다시 돌아오지 못할 영원의 길을 떠난 것이다. 수삼일 계속하여 두 청년 남녀의 반생을 돌아보았다마는 둘이 같이 정사할 만한 원인을 발견하기에 곤란도 하고 또 한편으로 생각하면 그럴듯한 곳도 없지 아니하다. 그러나 죽음은 영원한 수수께끼이다. 죽은 사람에 대해 이러니저러니 말하는 것은 살아 있는 사람의 월권일 것이니 죽은 이는 죽은 대로 내버려 두는 수밖에.

'공중에 나는 새도 보금자리가 있고 들에 뛰는 여우도 굴

어 있는 사주 본 글발을 속히 태워 버리라고 급한 편지를 하였는지 모르겠구먼……" 하며 나이 어린 창자는 눈물이 글썽글썽한다. 윤심덕은 본래 집이 서대문정 일정목에 있지마는 부모와 불합하여 이같이 유랑의 나그네가 된 터였다. 그가 잘 때면 항상 벽에 붙인 예수의 성상 앞에 엎드려 묵도를 하다가 눈물을 지우기도 한다고 집안 식구들이 이야기한 일이 있다고 한다.

윤심덕, 김우진 두 사람의 사체는 재작 4일 오후에도 발견하지 못하였음으로 이제는 영원히 찾지 못하게 될 듯하다는데 그들의 유류품으로는 붉은 트렁크 두 개와 그 안에 가득한 귀중품과 금시계, 이외에는 영문으로 인쇄된 소절수장(小切手張)77) 책이 두 권 있고 현금 145원이 있었으며 또 그것들을 모두 자기의 원적지로 보내 달라는 유서가 있었다고 한다. 그들이 현해의 험한 물결에 한번 몸을 던진 이후로 벌써 이주일이 지났건만 그들의 시체조차 고기 배를 채우고 말았는지 영원히 찾을 길이 없어서 김우진의 아우 김철진(金哲鎭)과 그의 유족들은 일야로 초심78)이 막심하였다. 특히 김철진은 부산 수상 경찰서에 출두하여 만약 형의 시체를 찾아오는 사람이 있다면 상금으로 1천 원을 주겠다는 말까지 하여 각지로 통기한바 지난 17일에 표연히 김우진의 시체가 하관항외단(下關港外壇)의 해안에 떠올라 온

77) 수표를 묶어 놓은 책
78) 초심(焦心): 마음을 졸여서 태움.

것을 부근에서 해수욕하던 사람들이 발견하여 즉시 알렸다. 부산 수상서에서는 그 시체의 진부를 확실히 가려 그 유족에게 넘겼다고 한다.

금수강산이 빚어낸 노래꾼으로 로맨스에 싸여 지내던 윤심덕 양이 현해의 물결에 몸을 던진 지도 벌써 수일이나 되었다. 그의 죽음에는 세상의 여론이 날로 높아 아직 왈시왈비를 가릴 때는 아니나 어쨌든 상당한 식견도 있고 이지도 있는 그가 죽음의 길을 택한 것은 절대한 용단이라 아니할 수 없었다.

그러나 그도 사람이었고 천질은 부드러운 여성이었다. 어찌 그의 죽음을 앞서 한마디 노래가 없었으랴. 그 노래야말로 그가 동경에 가서 일동축음기회사에서 조선속요를 넣고 난 끝에 특히 청을 하여 한 곡조를 더 넣은 것으로 곧 죽음의 길을 떠나는 그의 서곡이 된 〈사의 찬미〉이니 그는 이 노래를 부르며 흑흑 느껴 울어서 눈물 반, 노래 반의 애끓는 작품을 취입하였다고 한다.

물론 그는 성악가로 노래를 짓는 데는 특재[79]가 없었으나 그가 실감과 진실을 실어 마지막 눈물로 부른 노래인 만큼 느낌도 깊으니 그 노래의 내용은 곧 다음과 같다.

---

79) 특재(特才): 특별한 재주

사(死)의 찬미(讚美)

•

광막한 황야에 달리는 인생아
너의 가는 곳 그 어드메냐
쓸쓸한 세상 험악한 고해
너는 무엇을 찾으러 가느냐

•

눈물로 된 이 세상이
나 죽으면 그만 아닐까
행복 찾는 인생들아
너 찾는 것 괴로움이로다

•

웃는 꽃과 우는 저 새가
그 운명이 모두 같으니
'생'에 열중한 가련한 인생
너는 칼 위에 춤추는 자이다

•

허영에 빠져 날뛰는 인생아
너 속였음을 네가 아느냐

근본 세상은 너에게 허무니
너 죽은 뒤에 세상은 없도다

·

잘살고 못되고 찰나의 것이니
흉흉한 암소[80]는 가까워 오도다
이래도 일생 저래도 한세상
돈도 명예도 내 임도 다 싫다

·

살수록 괴롭고 갈수록 험하니
한갓 바람은 평화의 죽음
내가 세상에 이 몸을 감출 때
괴로움도 쓰림도 사라져 버린다.

사람이 누가 죽기를 즐겨 하고 살기를 싫어하랴마는 부모
도 처자도 명예도 지위도 희망도 재산도 애인도 모두 다 헌
신짝 버리듯이 버리고 죽음이라는 최후의 운명을 취하여 영
원히 돌아오지 못할 길을 밟게 되는 사람의 마음이야 과연
어떠하랴!
　삶을 보람 있게 살아 보려고 악전고투를 하다가 마침내
참패자라는 애달픈 이름을 남기고 가련한 일생을 일장춘몽

80) 암소(暗笑): 마음속으로 비웃음

에 부치고 마는 청춘 남녀의 마음을 모르는 사람은 비소만 하여도 고해풍파(苦海風波)에 시달리는 사람의 창자를 끊는 것이다. 이미 이 세상을 떠나서 저 평화의 나라로 영원히 가고 만 사람에 대하여 여러 말을 더하기도 마음 아픈 일이다. 그러나 때때로 그에 대한 추억을 새롭게 생각나게 하는 여러 가지와 접촉하게 될 때마다 한 줄기의 눈물과 아울러 붓을 들지 아니할 수가 없는 것이다. 이미 여러 번 보도한 윤심덕 양과 김우진의 애달픈 최후는 생각할수록 마음이 괴롭고 눈물이 넘친다. 윤 양의 죽음은 경성을 떠날 때에 결심한 죽음이냐? 동경에서 결심한 죽음이냐? 이것은 그가 아니고는 능히 알기 어렵거니와 하여간 동경서 대판으로 와서 〈사의 찬미〉라는 애끓는 가곡을 지어 레코드에 넣기로 하였을 때는 이미 죽음의 길을 밟기로 굳게 결심하였던 것이다. 윤 양은 스스로 〈사의 찬미〉를 지어 가지고 그 아우 윤성덕 양에게 노래하여 주다가 그 아우에게 "많은 희망을 가지고 멀리 가는 나에게 왜 그런 노래를 들려주느냐?"고 울음 섞인 핀잔까지도 먹었다 한다.

이 노래를 지을 때에 그의 마음이 과연 어떠하였으랴! 이것은 과연 그가 아니고는 살필 수가 없을 것이다. 최후의 운명을 결정하는 그 노래, 영원의 길을 떠나는 그 노래를 쓰는 그 마음, 부르는 그 가슴! 반은 타고 반은 썩었을 것이다. 그가 현해탄 함부로 넘노는 물결에 몸을 던질 때에 그의 가슴과 마음에는 무수한 상처가 있었을 것이다.

더군다나 〈사의 찬미〉를 지어 가지고 대판 일동축음기회사 주인의 재삼 거절이 있었음에도 불구하고 꼭 그 곡을 레코드에 넣어 달라고 간청하던 그의 마음이 또한 어떠하였으랴! 생각을 할수록 애달픈 그 정경은 차마 잊을 수가 없는 것이다. 윤 양이 최후로 자기의 운명을 결정했던 〈사의 찬미〉가 담긴 일동축음기회사 레코드는 의외에 많이 판매된다 하며 조선노래 레코드를 일본에서 팔기는 이번이 처음이요 옥반에 진주를 굴리는 듯 오열처절한 윤심덕의 최후 노래도 레코드가 아니면 들어 볼 수 없을 것이다. 아! 유량한 그의 성대는 레코드에 남아 있건마는 후리후리하고 쾌활한 그의 몸은 간 곳이 어데이냐!

-1927년

철혼 박준표와
딱지본 대중소설의 시대

배 정 상

1. 딱지본 대중소설의 작가 철혼 박준표

표지가 아이들 놀이에 쓰이는 딱지처럼 울긋불긋하다는 데에
서 유래하였다는 딱지본 대중소설은 주로 새로운 근대의 활자
·인쇄기술을 기반으로 형성된 비교적 값이 저렴한 대중적 출
판물을 지칭하는 용어이다. 딱지본 대중소설은 독자의 호기심
과 구매욕을 자극하는 울긋불긋한 표지, 호롱불 밑에서 목침
베고 드러누워서 보기에도 눈이 아프지 않을 만큼 큰 활자, 한
두 권 쯤은 일시에 사 볼 수 있는 저렴한 가격, 큰 소리로 낭독
하기에 좋은 쉬운 문장, 현실을 잊게 만드는 재미있는 내용을
통해 당시 대중들에게 큰 사랑을 받았다.

딱지본 대중소설은 주로 재자가인의 박명한 사랑 이야기나
역사 속 영웅들의 성공담, 범죄 사건의 통쾌한 해결 등 당대 독
자들이 원하던 다양한 삶의 이야기들을 다루고 있다. 이러한
이야기들은 주로 현실의 억압과 모순을 들추고 삶의 진실을
드러내기보다, 독자로 하여금 소설의 세계에 몰입하게 하여
잠시나마 고단한 현실을 잊게 만든다. 한편 딱지본 대중소설
의 유형은 생각보다 꽤나 다양한 스펙트럼을 지닌다. 가령 외
국소설의 번역 및 번안, 근대소설의 모방 및 확산, 신소설의 지
속과 변용, 고소설 다시 쓰기, 실제 사건을 반영한 작품 등 딱
지본 대중소설은 원천 이야기를 다양한 방식으로 재편하며 그

영역을 넓혀 갔다.

철혼(哲魂) 박준표(朴埈杓)는 이러한 딱지본 대중소설의
대표적 작가이다. 1922년 『의문』이라는 작품으로 처음 이름
을 알린 박준표는 몇 개의 소년 소녀 단체를 결성하고, 『선명』,
『신진소년』, 『우리少年』, 『영데이』, 『반도소년』과 같은 소년
소녀 독자들을 위한 잡지의 발행에 관여했다. 이러한 소년 소
녀에 대한 관심은 청년에 대한 관심으로 이어져, 『(실지응용)
연설방법』, 『과외독본』, 『(독습실용)최신일선척독』, 『현대청
년 수양독본』, 『삼대수양론』, 『십분간연설집』, 『신식양잠급양
봉법』, 『문예개론』, 『농촌청년의 활로』, 『무산대중의 문화적사
명』등 청년 독자들을 위한 다수의 실용서적들을 집필하기도
했다.

특히, 박준표는 딱지본 대중소설의 저술에 주력했다. 박준
표는 작품 활동 초반 『의문』, 『비행의 미인』, 『사랑의 싸홈』,
『칠진주』, 『해저의 비밀』, 『운명의 진주』 등 번역 및 번안 소설
의 집필에 관심을 두었으나, 차츰 관심 분야를 확장해 갔다. 가
장 주목할 만한 작품은 『사랑의 꿈』, 『운명』, 『애루몽』, 『무정
의 눈물』과 같이 근대소설의 내용과 기법을 모방한 일련의 작
품들이다. 이러한 소설들은 근대소설이 다루는 내용과 세련
된 형식을 식민지 서적출판시장으로 확산시키는 데 기여하였
다. 또한 신소설의 전통을 계승하고 변용시킨 『오동추월』, 『홍

안박명』,『월미도』,『청춘의 애인』,『어머니』를 저술하는 한편, 여전히 남아 있는 고소설 독자의 수효를 고려하여 『운영전』, 『상전벽해』,『영웅호걸』,『동방화촉』,『원두표실기』,『임거정전』,『세종대왕실기』 등을 새롭게 출판하였다. 당시 사회적 이슈가 되었던 정사 사건을 기록한 『윤심덕 일대기』,『(절세미인)강명화의 설음』,『(절세미인)강명화전』도 주목할 만하다. 그중 『운명』,『애루몽』,『윤심덕 일대기』는 딱지본 대중소설의 작가 철혼 박준표의 개성이 가장 잘 드러나는 작품이다.

2. 자유연애의 환상과 가정으로의 복귀:『운명』

『운명』은 1924년 박문서관에서 발행되었다. 이 작품은 문학 잡지에 수록된 근대소설의 내용과 형식을 모방하여 딱지본 대중소설의 형식에 맞도록 변환시킨 작품이다. 이 작품은 『창조』에 수록된 이일의 「피아노의 울림」의 인물 정보와 서사 단위, 『백조』에 수록된 노자영의 「표박」과 나도향의 「젊은이의 시절」의 장면 묘사 및 문체를 복합적으로 모방했다. 『운명』은 원작의 모티프를 차용하거나 일부 표현들을 모방하였지만, 나름의 변경된 지점들을 통해 대중 독자들을 만족시키고자 했다.

모티프를 제공한 「피아노의 울림」은 피아노를 전공한 신여성 박마리아를 중심으로 하여 평범한 화가 홍순모와 재력가 김인환 사이에서 벌어지는 연애 갈등을 그리고 있다. 박마리아와 홍순모는 어릴 적부터 꽤나 오랜 시간을 함께 지내 온 동무였는데, 어느 날 홍순모가 청혼하자 박마리아는 그가 첩의 자식이라는 이유로 거절한다. 박마리아는 같은 첩의 자식이지만 재산이 많은 김인환의 어린 딸에게 피아노를 가르치게 되고, 김인환의 재력에 마음을 뺏긴 박마리아는 김인환의 첩이 되고자 한다. 이를 알게 된 홍순모는 박마리아를 찾아가 그녀의 허영심을 비난하고 떠난다.

『운명』은 시인 이창순을 주인공으로 하여 신여성 홍영숙과 조혼한 구여성 정희 사이에서의 갈등을 다루고 있다. 이창순은 이미 조혼한 부인이 있지만, 사랑 없이 이루어진 결혼에 부정적인 태도를 보인다. 그는 부인과 이혼하고, 소학교 때부터 알고 지낸 여교사 영숙과 자유의지에 따라 결혼하고자 한다. 영숙은 창순과 육체적 관계를 맺지만, 그가 첩의 자식이라는 이유로 그와의 결혼을 거절한다. 이후 영숙은 부잣집 서자인 김용수의 첩이 되고자 하고, 창순은 영숙을 찾아가 그 선택을 비난한다. 괴로워하던 창순은 집으로 돌아와 정희를 '이상적 동경하는 애인으로 조각'하기로 결심하고 밤마다 신학문을 가르친다. 창순은 이혼을 결심했던 과거를 뉘우치고, 정희와 행복한 사랑의 단꿈을 꾼다.

『운명』의 모티프가 된 「피아노의 울림」이 여성주인공을 중심으로 사랑과 돈 사이의 갈등을 그렸다면, 『운명』은 남성주인공을 중심으로 구여성과 신여성 사이의 갈등을 다루고 있다. 「피아노의 울림」이 신여성 박마리아를 중심으로 그녀의 허영심과 배금주의를 비판하려고 했다면, 『운명』은 지식인 이창순을 중심으로 자유연애의 환상과 가정으로의 복귀를 다루고자 했다. 『운명』은 원작의 설정을 차용하되, 주인공을 변경하거나 제3의 인물을 추가하여 새로운 이야기로 변환시켰다. 또한 작품의 주제 역시 딱지본 대중소설 독자층의 정서와 반응을 고려한 방식으로 변경했다.

예컨대, 『운명』은 주인공 창순을 이미 조혼한 가정이 있지만 자유연애를 꿈꾸는 남성으로 설정하고, 창순의 부인인 구여성 정희를 새롭게 추가했다. 이 지점에서 작품의 주제와 의도는 완전히 달라진다. 작가는 조혼가정과 신여성과의 자유연애를 통한 결혼을 대비시키고 그 사이에서 갈등하는 주인공의 모습을 다루고자 했다. 이는 1920년대 초반 조혼가정을 구시대의 폐습으로 치부하고, 신여성과의 자유연애를 꿈꾸던 당시 지식인 남성들의 모습을 반영한다. 이런 갈등 상황 속에서 작가는 창순이 결국 가정으로 돌아온다는 설정을 통해 보수적인 가치를 지향하는 대중 독자들을 만족시키고자 했다.

영숙에게 배신당한 창순이 가정으로 복귀하여 부인에게 '가정학'을 가르친다는 설정은 여전히 남성중심적인 관점에서 비롯된 것이다. 자기 자신보다 가족을 위해 헌신하는 것이 운명이라고 생각하는 정희를 그저 애처로운 존재로 여기는 것도, 그런 그녀를 이상적 애인으로 만들기 위해 교육하겠다는 것도 여전히 남성중심적인 시각을 벗어나지 못한다. 물론, 창순의 선택이 원래의 가정을 부정하고 이혼을 하거나 첩을 들이는 당대의 일반적인 풍조보다는 한층 건강한 선택임을 부정할 수 없다. 하지만 창순의 선택이 영숙의 배신으로 인한 비자발적인 결과였던 점, 그리고 아내에게 가르치려는 학문이 '가정학'이라는 점에서는 아쉬움이 남는다.

　이러한 점은 『운명』이 지닌 딱지본 대중소설로서의 특징을 구체적으로 보여 준다. 예술로서의 문학을 지향하던 지식인 중심의 고급문예와는 달리, 딱지본 대중소설은 쉽고 재미있는 이야기, 비교적 저렴한 가격, 화려한 표지 그림 등을 통해 수많은 대중 독자들의 사랑을 받았다. 이러한 딱지본 대중소설은 독자들의 취미와 욕망을 선도하거나 또는 그것을 추종하기도 하였다. 『운명』에서 신여성과의 자유연애를 꿈꾸던 주인공이 결국 가정으로 복귀하는 것도 결국 딱지본 대중소설 독자들의 보수적 가치를 반영한 결과인 셈이다. 『운명』은 문예잡지에 수록된 고급문예를 모방했지만, 이것을 딱지본 대중소설의 형식으로 변용시킨 흥미로운 사례이다.

3. 일인칭 시점으로 바라본 식민지 현실:『애루몽』

1930년 박문서관에서 출간된『(애정소설)애루몽』은 딱지본 대중소설 중에서 쉽게 찾기 어려운 독특한 개성을 지닌다.『애루몽』은 일인칭 시점을 활용하여 냉혹한 식민지 현실 속 어디에도 정착하기 어려운 주인공의 고독한 내면을 핍진하게 그려내는 데 성공하고 있다. 주로 고급문예에서 사용되던 일인칭 시점은 내면고백이나 자아의 각성을 통해 식민지 현실 속 고뇌하는 지식인의 모습을 형상화하고, 근대적 주체를 형성하는 데 기여했다. 하지만『애루몽』은 일인칭 시점을 딱지본 대중소설의 장에서 실험한 보기 드문 사례에 속한다.

『애루몽』은 '애정소설'이라는 수식이 붙어 있지만, 실제로는 당대의 식민지 현실을 구체적으로 재현하는 데 나름 의미있는 성취를 보여 준다. 중학교를 중퇴한 궁핍한 현실 속 주인공이 쉽게 얻을 수 있는 일자리는 존재하지 않았다. 그는 주변 지인들의 도움으로 광부 감독, 생명보험 영업, 보통학교 교사, 포목점 사업 등 다양한 근대의 직업들을 경험하게 된다. 남은 공부에 대한 미련과 인텔리라는 자의식 때문인지, '나'는 우연치 않게 접하게 되는 근대 세계의 다양한 직업 중 어느 것에도 정착하지 못한다. 주인공이 전전했던 다양한 직업들은 1930년 무렵 식민지 조선의 현실을 구체적으로 드러내기 위한 장치가 된다.

죽을 고비를 넘어가며 운산에 도착한 주인공이 처음 얻은 직업은 바로 광부 감독이다. "해진 외투를 뒤집어쓰고 광혈(鑛穴) 옆으로 왔다 갔다 하며 광부들의 행동을 감시하며 놀지 말고 어서 일하라고 듣기 싫은 소리를" 하는 것이 바로 '나'의 사무이다. 낮이면 광혈을 찾아 헤매고, 밤에는 사무실을 지키며 세월을 보낸다. 만나는 사람들은 오직 "두 눈이 발바닥" 같은 광부들뿐이다. 작가는 이러한 주인공의 시선을 통해 자본주의 시스템 속에서 착취당하는 금광 광부들의 삶을 세밀하게 관찰하고 묘사한다. '나'의 눈에 비친 광부들의 삶에는 도무지 희망이 보이지 않는다. 하루에 열 시간 이상을 캄캄한 굴속에서 목숨 걸고 일하면서도 돈이 생기는 족족 탕진해 버리는 것이 그들의 삶이다. 광부들의 삶의 모습을 비판적인 시각으로 바라보고 있지만, 광부 감독인 '나'의 처지도 별반 다를 게 없다. 황금에 이끌려 목돈이라도 마련해 보고자 이곳에 왔지만, 좀처럼 노동자의 생활은 나아지지 않는다. 결국 돈을 버는 것은 자본가이며, 식민지 조선의 백성들은 그저 부속품처럼 소모될 따름이다.

주인공이 두 번째로 갖게 된 직업은 바로 생명보험회사의 권유원(勸誘員)이다. 운산금광을 떠나 영변 외삼촌 댁에 왔던 '나'는 서울에서 왔다는 어떤 청년을 만나 생명보험 권유원 일을 함께하기로 마음먹는다. 소위 감독이라는 자의 지휘를 받아 박천으로 가입자를 모집하러 오게 되었지만 생명보험 가입자를 유치하는 일은 결코 쉬운 일이 아니었다. 생명보험 없이도 아무런 문제없이 오랜 세월을 살아온 사람들에게 미리 죽을 것을 대비해서 다달이 돈을 내라는 일이 쉽게 납득될 리가 없다. '나'는 일이 잘 풀리지 않자, 결국 생명보험 권유원 일도 그만두게 된다. 운산금광과 마찬가지로 생명보험 역시 제국주의 침략의 역사와 자본주의가 가속화되는 시대적 특수성을 환기시키는 장치이다. 생명보험은 일제의 식민지 침탈과 함께 조선에 본격적으로 상륙했으며, 생명의 가치마저 돈으로 환산할 수 있다는 자본주의적 인식과 관련이 있다. 주인공이 경험한 생명보험 권유원은 1930년대 이후 '황금광 시대'와 함께 이념과 체제를 뛰어넘는 '돈의 시대'가 다가오고 있음을 알리는 경고와도 같다.

그다음으로 얻게 된 직업은 바로 학교 교사이다. 갈 곳 없는 '나'는 교회의 종소리에 이끌려 예배당을 찾아가게 되고, 우연히 소학교 때의 은사인 안 선생님을 만나게 된다. 안 선생님은 교회에서 새로 설립하는 학교의 교사가 되어 주길 제안하였고, 결국 '나'는 소학교의 교사가 되어 십여 명의 아이들을 가르치게 되었다. 하지만 수업 첫날 아이들이 가져온 책들은 천자문, 사략, 통감 같은 것이었고 '나'는 원하지 않던 초학 훈장 신세가 되고 말았다. 주인공은 천신만고 끝에 교사라는 직업을 얻게 되었지만 이마저도 순탄치 않다. 여전히 학교 교육 시스템은 전근대적이고, 학부형들의 인식 역시 아직도 옛날 관습에서 벗어나지 못했다. 주인공이 학부형회를 소집하여 보통학교 과목을 정해 정성껏 가르치니 아이들은 재미를 붙이고 주일학교도 활기를 띠게 되었다. 이렇게 몇 달이 지나고 '나'는 주위 사람들에게 인정받게 되었지만, 왠지 또다시 어디론가 떠나고 싶은 마음이 든다. 참혹한 식민지 현실 속에서 교육이 과연 어떠한 미래를 꿈꾸게 할 수 있을까.

주인공이 네 번째로 하게 된 일은 포목상 사업이다. '나'는 우연히 만난 한 여성과 가정을 꾸리게 되고 교사 일을 그만둔다. 그는 "어찌어찌 되어 어떤 자본주를 만나서" 포목상을 경영하게 되었는데, 장사에 경험이 없던 '나'에게 포목상 사업은 쉬운 일이 아니었다. 2년 만에 사업은 실패하고 '아귀같이 졸라대는 지독한 채권자들에게 가차압'을 당하게 된다. 이러한 실패는 개인의 문제를 넘어 식민지 조선의 경제 문제 일반으로 확장된다. 자본주에게 자본을 융통하여 사업을 시작했지만, 결국 실패하고 채권자들에게 빚 독촉을 받다가 파산하게 되는 주인공의 모습은 이 시기 자본주의 시스템의 비정한 단면을 보여 준다.

사업에 실패한 뒤 아내나 주변 사람을 볼 면목이 없다고 느긴 '나'는 박천을 떠나 무슨 사업이든 도모하여 성공하길 바란다. '나'는 눈물을 흘리며 붙잡는 아내를 뿌리치고 결국 길을 나선다. 서울에 도착하여 무엇이든 해 보려고 했지만, 냉정한 서울은 중학교도 채 마치지 못한 주인공에게 어떠한 기회도 주지 않는다. 새롭게 사귄 친구의 도움으로 '나'는 충청도 어느 금광에 가서 일을 하게 되었지만, 자본주와 광주 사이의 충돌로 인해 그만 폐광이 되고 말았다. 결국 그 사이에서 피해를 보게 되는 것은 광산 노동자이다. 이후 '나'는 아내가 그리워 다시 고향으로 오게 되지만, 이미 아내는 다른 사람의 아내가 되어 있었다.

결국, 주인공 '나'가 거쳐 갔던 다양한 직업들은 1920년대 말~1930년대 초반의 식민지 조선의 암울한 실상을 드러내기 위한 효과적인 장치가 된다. 『애루몽』은 딱지본 대중소설의 형식을 갖추고 있지만, 제국주의 침탈의 역사적 맥락이나 자본주의 체제의 냉혹함을 꽤나 진지하게 다루고 있다는 점에서 주목할 만하다. 특히, 『애루몽』의 일인칭 시점은 식민지 사회의 모순을 개인의 시각과 경험을 통해 구체적으로 제시하는 데 효과적인 서술 기법이 된다. 『애루몽』은 1930년 무렵 딱지본 대중소설이 다양한 영역을 개척하며 독자의 지평을 넓혀 가고 있었음을 보여 주는 흥미로운 사례임에 분명하다.

4. 정사 사건의 소설화: 『윤심덕 일대기』

'정사(情死)'는 두 연인이 이루지 못하는 사랑에 비관하여 함께 목숨을 끊는 행위를 말한다. 1920년대, 자유연애의 바람과 함께 나타난 '정사'는 근대적 연애의 풍경을 보여 주는 하나의 상징적 사건과도 같았다. 특히, 1923년 기생 강명화와 부호 장병천의 정사 사건은 새로운 시대의 연애를 갈망하는 대중들의 호기심을 자극하기에 충분했다. 이들의 비극적 사랑 이야기는 주로 딱지본 대중소설의 시장에서 빠르게 전파되었다. 이해조의 『(여의귀)강명화실기』를 필두로 하여 최찬식의 『(신소설)강명화전』, 박준표의 『(절세미인)강명화의 설음』 등 다양한 작품들이 발표되었고, 그들의 이야기는 그야말로 지금이 '연애의 시대'임을 증명하는 상징적인 사건이 되었다.

1926년 8월 5일 당시 신문에는 성악가 겸 배우 윤심덕과 극작가 김우진이 현해탄에 몸을 던져 동반 자살하였다는 기사가 대대적으로 보도되었다. 『매일신보』, 『동아일보』, 『조선일보』는 공통적으로 〈부산전보〉를 인용하여 사건의 추이를 알리고 있으며, 강명화와 장병천의 내력, 윤심덕이 선실에 남긴 유언, 윤심덕의 언니 윤심성의 인터뷰 등을 다루고 있었다. 이 충격적인 사건은 당시 대중들에게 커다란 충격과 호기심을 안겼다. 그들은 왜 현해탄 바닷물에 소중한 목숨을 던졌던 것일까?

이 사건에 주목한 박준표는『윤심덕 일대기』를 저술했고, 이 책은 1927년 1월 박문서관을 통해 발행되었다.『윤심덕 일대기』는『(여의귀)강명화실기』나『(신소설)강명화전』등 정사 사건을 소설화한 이전 작품의 영향을 받은 것으로 보인다. 그런데 윤심덕과 김우진의 정사 사건이 지닌 화제성에도 불구하고, 이를 소설화하여 출판한 것은『윤심덕 일대기』가 유일하다. 박준표는 당시 신문 기사에 보도된 실제 사건을 기반으로 하되, 주변적인 에피소드나 주변 인물들의 증언 등을 가미하여 이를 한 편의 대중적 읽을거리로 완성했다. 박준표의 다른 작품들과는 달리 본문 첫 장에 적힌 "박철혼(朴哲魂) 편(編)"이라는 표현은 이 작품이 다양한 기사들을 편집하여 완성된 텍스트임을 분명하게 인식한 결과이다.

윤심덕은 시대를 앞서가던 대표적인 신여성이었다. 총독부 관비유학생으로 동경음악학교를 졸업한 윤심덕은 최초의 소프라노 가수로서 조선 성악계에 빛나는 재능을 발휘했다. 그러다가 돌연 신극운동단체인 토월회의 여배우로 활동하게 된다. 그 당시 배우라는 직업이 성악가에 비해 그리 좋은 대접을 받지 못하던 상황에서, 그녀의 돌발적인 전향은 세간에 큰 충격을 주었다. 한편, 그녀는 전통적인 여성상과는 달리 무척 쾌활한 성품을 지녔으며, 자유롭게 자신의 삶과 욕망에 충실하고자 했다. 그녀의 거침없는 언사와 과감한 행동들은 언제나 대중들의 관심을 끌었고, 여러 남성들과의 스캔들은 보수적인 대중들의 반감을 사기도 했다.

한편, 김우진은 목포에서 제일가는 부잣집 맏아들이며, 와세다대학에서 문학을 전공한 전도유망한 청년이었다. 특히, 연극에 대한 관심이 높았으며, 역시 애인과 함께 정사했던 소설가 아리시마 다케오를 숭배했다고 한다. 또한 그는 천성이 영리하고 침착한 사람이지만, 자유와 예술에 대한 갈망이 컸다고 한다. 전통적인 부유한 가정에서 교육받고 자랐으며 일찍이 조혼한 아내와 어린 자식이 있었지만, 자유와 예술을 갈망하던 그에게 가정은 극복해야 할 대상일 뿐이었다. 그는 동경 유학생 동우회에서 윤심덕을 만났으며, 극단을 조직하여 함께 순회공연을 하면서 사랑의 마음을 키웠다. 그에게 윤심덕의 존재는 예술적 영감을 주는 뮤즈와도 같았다.

윤심덕의 자유로운 삶은 일견 아름답고 화려했지만, 그 이면에는 고독과 우울의 정서가 가득했던 것으로 보인다. 그녀는 자신을 가두는 모든 시대의 편견과 억압으로부터 자유롭고 싶었지만 그것은 결코 쉬운 일이 아니었다. 그녀가 죽기 전 마지막으로 남긴 〈사의 찬미〉라는 노래는 극단적인 상황에 놓인 안타까운 심경을 고스란히 담아내고 있다. 삶의 허무함과 쓸쓸함, 괴로움과 고통 속에서 진정 자유로울 수 있는 방법은 결국 죽음뿐이었던가. 비장하고 처연한 그녀의 목소리와 노래의 가사는 마치 자신의 죽음을 예견하는 듯하다. 정사 사건이 보도된 후, 그녀의 마지막 목소리가 생생하게 담긴 레코드판은 유래 없는 큰 인기를 끌었다. 〈사의 찬미〉를 듣기 위해 유성기의 판매가 큰 폭으로 상승했다는 소문도 전혀 근거 없는 이야기는 아니었을 테다.

그들의 이야기는 최근까지 영화, 뮤지컬, 드라마로 재탄생되어 많은 대중들의 관심과 사랑을 받았다. 그 이유는 그들의 이야기가 시대를 초월하는 보편적 정서를 담고 있기 때문일 것이다. 박준표의 『윤심덕 일대기』는 이러한 이야기의 확산과 전승에 중요한 토대가 되었다. 생의 포기가 결코 정당화될 순 없겠지만, 모든 세속적인 것으로부터 벗어나고자 한 그들의 의지와 신념은 점점 각박해져 가는 오늘날 현실 속에서 사랑의 의미를 반추하게 한다. 그들의 삶은 비록 찰나에 불과했지만, 그들의 이야기는 오랫동안 우리의 기억 속에 남을 것이다.

5. 철흔 박준표 문학의 특질과 의미

박준표의 딱지본 대중소설은 원작이 있는 작품들을 번역 · 번안하거나, 두 개 이상의 작품들을 복합적으로 모방한 것들이 대부분이다. 오직 예술을 위한 문학을 지향하는 것이 근대문학의 숙명이라면, 박준표의 작품들은 그러한 정신으로부터 한 걸음 비켜서 있다. 오히려 그것을 거부한다. 저작권에 관한 명확한 기준이 없었던 당시의 사정이나 딱지본 대중소설 시장의 특수성을 고려하더라도 그가 저술한 작품들은 오늘날 우리가 생각하는 '작품'과는 차이가 있다. 그가 남긴 딱지본 대중소설들은 기본적으로 외국소설, 근대소설, 신소설, 고전소설, 신문 기사 등에서 서사의 핵심적인 요소를 가져왔으며, 단락을 통째로 옮겨 오거나, 문장의 표현 방식을 그대로 베껴 오는 일도 다반사였다.

하지만 딱지본 대중소설이라는 것이 원래 저렴한 가격으로 쉽게 읽고 소비할 수 있는 스낵컬처(snack culture)의 운명을 가지고 태어난 이상, 박준표 소설의 대부분이 나름의 기준으로 선택된 모본을 가지고 있다는 점은 어쩌면 지극히 자연스러운 특성일지도 모른다. 우리가 중요하게 생각하는 예술적 가치나 시대적 사명이 식민지 현실을 살아가는 대중 독자에게 동일하게 적용되지 않았을 가능성이 높다. 딱지본 대중소설의 시장에서는 무엇보다 신속하게 재미있는 작품을 찍어 내는 것이 중요했으며, 이들 양산된 작품들은 저렴한 가격으로 쉽게 대중과 만날 수 있었다. 당시의 대중들은 딱지본 대중소설이 지닌 다채로운 이야기의 세계를 통해 팍팍한 식민지 현실의 고통으로부터 잠시나마 벗어날 수 있었다.

이러한 가운데, 박준표는 일관된 원칙을 가지고 딱지본 대중소설의 장 안에서 나름의 소설 실험을 꾸준하게 진행했다. 그는 외국소설이 가지고 있는 장르문학의 특성을 발 빠르게 도입하고, 근대소설의 표현과 기법을 딱지본 대중소설에 반영했다. 또한 신소설의 동떨어진 시대감각을 현대적으로 각색하고, 역사에 대한 관심을 확산시키며, 사회적으로 큰 반향을 일으켰던 사건들을 소설화했다. 물론 이러한 작업이 자본주의 시장에서의 상품이라는 의미로 제한된 점은 아쉽지만, 그의 저술출판활동이 당시 서적출판문화에 상당한 활력을 불어넣거나 독서의 대중화에 기여하고 있었음은 부인하기 어렵다. 박준표의 딱지본 대중소설은 시대의 기호와 욕망을 들여다볼 수 있는 또 하나의 창(窓)이다.

한국근대대중문학총서 기획편집위원

김동식(인하대 교수)
문한별(선문대 교수)
박진영(성균관대 교수)
천정환(성균관대 교수)
윤민주(한국근대문학관 학예연구사)
함태영(한국근대문학관 학예연구사)

책임편집 및 해설

배정상(연세대 교수)

한국근대대중문학총서 틈 03

애루몽

제1판 1쇄   2020년 11월 30일

지은이   박준표
발행인   홍성택
기획   인천문화재단 한국근대문학관
편집   김유진
디자인   박선주
마케팅   김영란
인쇄제작   새한문화사

㈜홍시커뮤니케이션
서울시 강남구 선릉로103길 14, 202호
T. 82-2-6916-4403 F. 82-2-6916-4478
editor@hongdesign.com hongc.kr

ISBN   979-11-86198-67-4   03810

이 도서의 국립중앙도서관 출판예정도서목록(CIP)은
서지정보유통지원시스템 홈페이지(http://seoji.nl.go.kr)와
국가자료종합목록 구축시스템(http://kolis-net.nl.go.kr)에서
이용하실 수 있습니다. (CIP제어번호 : CIP2020048239)